LOCUS

U0009592

LOCUS

LOCUS

LOCUS

catch

catch your eyes ; catch your heart ; catch your mind……

catch 08

天若無情

作者：梁望峯

內頁插圖：楊靈

責任編輯：陳郁馨

美術編輯：何萍萍

發行人：廖立文

出版者：大塊文化出版股份有限公司

台北市羅斯福路六段142巷20弄2-3號

讀者服務專線：080-006689

TEL：(02) 9357190　FAX：(02) 9356037

信箱：新店郵政16之28號信箱

郵撥帳號：18955675

帳戶名：大塊文化出版股份有限公司

e-mail:locus@ms12.hinet.net

行政院新聞局局版北市業字第706號

版權所有・翻印必究

總經銷：北城圖書有限公司

地址：台北縣三重市大智路139號

電話：(02)9818089(代表號)　傳眞：(02)9883028 9813049

排版：天翼電腦排版有限公司

製版：源耕印刷事業有限公司

初版一刷：1997年8月

定價：新台幣120元

Printed in Taiwan

catch

天若無情

梁望峯◎著

目錄

《天若無情》台灣版序言

《天若無情》是我在台灣出版的第三本書，也是第一本小說。

自《叛逆的天空》和《寂寞裡逃》兩本散文集出版以來，陸陸續續收到你們從台灣各處寄來的信，台北市啦、彰化市啦、高雄啦、新竹市啦、台中市，還有一些我聞所未聞的地方。對於自以爲摸熟了台灣的我而言，才明白自己的確只是個旅客，所到之處都是一些觀光旅遊點，短暫行程過後，只記得漂亮搶眼的外表，只會記得台北和香港十分相似，人潮來來往往的，沒有停過。但是，台灣的「性格」，我卻全沒接觸的機會。

你們的來信卻一一告訴了我：原來彰化的肉圓是最好吃的；原來台灣青少年死因中，自殺排第二；原來「摩曼頓鞋店」有多款香港沒有發售的 New Balance 球鞋，原來士林夜市有街頭遊戲如網金魚、打田鼠和麻雀 Bingo（我怎麼完全不知道？？？）

你們也給我介紹了熊天平與張惠妹的專輯，他們已成了我繼許如芸之後的新寵啦。還有專門介紹歐洲咖啡館的《咖啡地圖》，都在你們的力薦下購買了，可眞讓我愛不釋手呢。（因爲我還沒有機會去歐洲，只好望梅止渴囉！）

還有還有，原來台灣的 Daddy 節是八月八日，香港則是六月第二個星期天。奇怪哦？但「八八節」，「爸爸節」，可眞有意思多了。

其實，對於一個連自己寫的東西也不愛看的我來說，將香港出版過的作品推出台灣版的意義是什麼呢？我心裡一直有這樣的疑問。收到你們眞摯而不帶需索的來信（我經常收到一些叫我限時一星期內回覆否則不再看我書的「恐嚇信」），似乎已替我找到答案：

「我這個香港人也可以交上台灣朋友呢！」

這個意料不到的收穫才眞正叫我興奮和欣慰。

尤其，在台灣出書，壓力可眞不小，去過金石堂、誠品，就能感受到那種書山書海的氣勢。在產書量驚人的台灣，無聲無息消失在書海裡也太容易了。我總相信，你們在茫茫書海中留意到我的書，到拿起書，到翻閱，就算沒有購買，也是種緣份。

人與書之間的緣份，我跟你之間的緣份。

當我看到你們信中說：「如果早一點看到你的書就好了……」我也眞的想告訴你們，如果早一點認識你們就好了。

但我想，今天還不算太遲。

梁望峯

一九九七年八月於香港

序幕　童年最難忘的事

我覺得自己身體的一部分也死去了，同時覺得兩人藉著我的身體重生。兩人一直活在我心底裡最柔弱的地方。

在我記憶中，兒童病房的地方並不大，躺著八個病人，年齡都是十歲之下，也像很健康的樣子。我進來時，小朋友都向我微笑，他們每一個人都有親戚朋友坐在一角陪伴他們，他們都穿著病人的素白衣服。

護士長跟我母親說：「這裡有很多小朋友陪伴他，妳大可放心了。」

母親看著我。「薪火，你自己要乖，媽媽不能陪你太久，弟弟需要人照顧。」

我躺在床上，瞪圓眼睛看她。「媽媽，我不會有事的？」

母親眼圈一紅。「不會，好孩子是不會有事的。」

「我是好孩子。」我放心，安靜下來。

母親走後，探病時間也結束了，醫生巡過一次房。病房內很靜很暖和，我靜靜望著天花板，發現壁紙上有小鹿斑比的卡通圖案。

「睡不著嗎？」

我聞聲轉頭，見到睡在鄰床有一個身軀稍胖的小肥仔，他對我友善地笑了。

「我叫樂文。」

「我叫薪火。」我說。

「初來報到？」

「是。我有支氣管哮喘病，這幾天氣溫轉冷，病情尤其嚴重。」我問樂文：「你有什麼病？」

「我的腸有毛病。」

「是盲腸炎嗎？」母親經常向我提及這字眼，總以此嚇唬我吃飯後不能跑跑跳跳，否則就得割掉身上一條腸。

樂文搖頭笑：「比盲腸炎嚴重。」

「你住在這裡很久了？」

「約三星期。」

「那就很嚴重了。」我是這樣以為。

樂文從床上坐起來，他床邊的小桌子上有一些漫畫書，他取過一本《叛逆天堂》，遞給我。「借給你看。」

「謝謝。」我接過了，突然想問問他：「你想念媽媽嗎？」

樂文開朗地笑：「我不太想念。」

「我很想念媽媽。」我說：「我第一次睡在不屬於自己的床。」

「我們可以談天嘛。」樂文說：「只要低聲交談，護士們是不會責罵的。」

「這裡的護士很兇嗎？」

「你不大跳大嚷，他們就像你媽媽一樣仁慈。」

「真的嗎？」我不相信。

「不記得我是長期住客了嗎？」樂文笑了。

我也有點寬慰地笑了。

翌日早上，我睜開眼，母親已經在我面前了，她把我抱進懷內，問我：「想念媽媽嗎？」

「想念。」見到媽媽，我很高興。

「昨晚睡得好不好？」

「睡得很夠。」

母親替我梳理頭髮，她發現我床頭的漫畫書。

「是護士姐姐給你的？」

「是樂文給我的。」

「誰是樂文？」

我看看鄰床，卻發現樂文不見了，他的床位空著。

「樂文不在。」

「他也是小朋友嗎？」媽媽問。

「是的。」

「那麼，多與他聊聊天，你們也可以解解悶。」

我點點頭。

母親坐不了一會，又趕去上班了。稍後，我吃完早點，樂文才由一位護士攙扶回來，他面色有點蒼白。護士離開後，我靜靜問他：「你剛才去了哪裡？」

「我去照X光。」

「照X光會很痛嗎？」

「不痛。」樂文說：「完全沒有感覺。」

「你早上有沒有吃早餐？」

「我不能吃。」

「爲什麼？」我看著他：「你看來精神不好。」

「我明天要進行灌腸。」

「怎麼回事？」

「是很平常的例行程序罷了。」

「是不是很痛？」

樂文笑說：「薪火，你似乎很怕痛？」

我臉上一熱：「我想是吧。」

我倆談了一會，睡了一會，到了午後時間，護士安排我們到休息室去，我們一同坐著看電視上的卡通片集。

樂文靠近我身邊，對我說：「看見那個女孩子嗎？」我隨著他眼光看去，靠窗前坐著一個女孩，年紀跟我相仿，我認得她是我們病房內的一個病人，只是她的床位隔得較遠。她不見病容，但非常沈默寡言，有一種冷漠得使人不敢接近的感覺。

「她眞可憐。」樂文望望她，「她患了白血病。」

「白血病？」

「就是血癌。」

「哦。」我聽到「癌」這個字，就知道病情不輕。

「我經常想跟她說話。」樂文說：「但她整天不發一言，脾氣很古怪，我想是受藥物影響了，所以情緒不穩。憂愁只會加重病情。」

「或許她不喜歡陌生人。」我猜說。

「誰一開始不是陌生人呢。」樂文說：「我們總算是一場患難之交。」

「說的也是。」我問：「她有親友來探望她嗎？」

「她母親較常來，父親比較少。」樂文說：「她媽媽人很好，有時會給我們每人一個蘋果。」

我看著那個女孩，她正望出窗外。看著她的側臉，覺得她很寂寞很寂寞。

第二天一早，樂文就被醫生和護士送了出去，直至中午才回來。他要由兩個護士一齊攙扶他，才能返回床上。我見他病得臉色灰白，雖然彼此相隔了段距離，我亦感到一陣病人的氣息由他身上散發出來。

樂文看了我一眼：「嚇壞你了吧？」

「你好像很辛苦。」我睜大眼睛。

「我已經習慣了。」樂文勉力一笑。

當晚八時之後，親友的探病時間結束，我正按照規定的治療程序吸入支氣管擴張劑，讓呼吸維持暢順。就在那時候，護士巡查著每一個床位，經過隔壁的病童，便停下腳步，似發現不妥，連忙召來一位醫生和其他護士。衆人的神情十分緊張，圍繞著病床。醫生試圖爲病人進行靜脈注射，一位護士連忙拉上圍在床邊的白色落地布簾，我想他們是在搶救。十分鐘不到，布簾再被拉開時，護士已把一張白被單罩上那個小朋友的頭。

樂文在鄰床輕輕地說：「他有心臟衰竭，正等待心臟移植，想不到還是遲了一步。」

我鬆開了輪氣口罩，忍不住說了一句：「他父母一定很傷心！」

「那畢竟是他家人意料中的事情。」樂文婉惜地說：「他是全病房年紀最小的一個，才四歲多。」

我睜大眼睛，看著我生命中第一個死亡的人，駭然之心久久未能平復。

翌日早上，我迷迷糊糊清醒過來，便見到驚心動魄的一幕：樂文的下半邊床單上染滿一大灘糞便和血跡，負責清潔的嬸嬸正打理著。

我惶恐地問：「樂文死了嗎？」

嬸嬸說：「他只是弄髒身子，出去洗澡。」

我放心一半，凝視著床單，非常擔憂地說：「他流了很多血！」

「那是便血。」嬸嬸說：「患他那種病的病人，偶然會失禁，便中帶血是很常見的。」

「樂文患了什麼病？」我戰戰兢兢地問。

「大腸癌。」

我整個人呆掉了，又是癌症。

嬸嬸像對自己喃喃說：「一直不見有親戚朋友來探望，他是個很可憐的孩子。」

「樂文沒有父母嗎？」我問。

「當然有，否則誰來支付住院費用？但是，有父母竟更像孤兒。我沒有見過任何探訪他的人，倒是眞的。」

我聽完，很替樂文難過。

早上八時正，探病時間正式開始，母親很快趕來了。我見到她，無法控制自己的恐懼，連忙去問：「媽媽，我會不會死？」

母親呆了半晌，將我緊緊擁進懷內。

「你是小孩子，當然不會死的。」

「七號床位的小朋友，比我少一歲，昨晚卻死了。」

母親看看七號空置了的床，她對我說：「他只是病好，出院了。」

「醫生護士們替他蓋上白布，把他運出去的。」

母親凝視我，過了很久才說：「死這種機會是很小的，你是媽媽的好兒子，所以不會死。」母親雙眼紅了。

我知道她難過，反倒過來安慰她：「我還要留住性命來孝順妳嘛。」

「是。是。」母親的聲音沙啞了。

母親離開後，樂文回來，他的床單已換過了。他見到我的臉色，便對我說：「有人告訴你了。」

我才驚察自己的臉色可能流露出太多悲傷與憐憫，我對他說：「你不當我是患難之交嗎？」

樂文搖頭。「我只是不覺得那是怎麼一回事。」

我不禁苦笑了：「癌症也不算一回事？」

樂文說：「男孩子應該學會堅強。」

我看著他，突然覺得他比我成熟得多，而他不過比我年長三個月吧。

後來，樂文也見過我媽媽了。母親問起我，爲什麼一直不見樂文的父母，我不知如何回答。

有一天，樂文忽然感慨地對我說：「薪火，你知道嗎？其實我很嫉妒你。」

「我的哮喘病也不好過呢。」我說。

「但你有一個天下最好的媽媽。」

「你媽媽呢？」我小心地問。

「她也很好。」樂文說：「她過得很好，因爲她懂得放棄。」

「似乎沒有人見過她來過。」我引述清潔嬸嬸的話。

「她來過的。」樂文望向白色的天花板，「通常是在深夜，全部病房的人都熟睡了，我也熟睡了，她會突然出現在我面前，喚醒我，跟我說幾句話，或留下幾本漫畫書，然後在護士催促下匆匆離開了。也許她因此才選擇那個時間來吧。我開始覺得不太掛念她。」

「你媽媽工作很忙嗎？」

「誰不忙呢。」樂文微動身體，眉頭便深深鎖了一下，表情顯得很痛楚。

「痛嗎？」我憂心問。

「不痛。」樂文仍是說：「別擔心，死不了的。」

我看著他，對他勉力笑笑。只能這樣。

母親再來的時候，我的病情已有好轉。醫生准她推輪椅讓我出去看看太陽，呼吸新鮮空氣，我在草地上和她談起樂文的病情，我對她說：「幸好他的病情不算太嚴重，他還是個胖子呢。」

母親沈靜片刻，像猶豫著不開口。我看著她，她說了：「薪火，難道你看不出，樂文他不是肥胖，其實是浮腫嗎？」

「浮腫？」我不明白。

「我在走廊上，聽見護士們講著樂文的病情。他已做過幾次手術，腸子的腫瘤已擴散，且到了末期階段。她們說樂文……差不多了。」

我呆了一呆，正想問她「差不多」的意思，可是突然地，我完全明白她的意思了。

母親似乎不想多談了，拍拍我肩膀：「你跟他多說些話，他在這個時候很需要有人支持。」

「謝謝媽媽告訴我。」我說。

「我不希望樂文的事對你有任何影響。」母親歎了口氣。

「我不會有任何影響。」

我像很懂事似地點頭，而事實上，我只是心情寒冷至冰點，不知道該選擇相信，還是拒絕接受。

就在幾天後，樂文的病情開始急轉直下。他會突然痛得臉色發白，汗水大顆大顆流，他一聲不哼，只把雙眼直直望著天花板，但我知道他是在極度痛苦中。醫生不斷替他注射，我想是止痛劑或安眠劑，他很快便睡去了，臉孔卻是灰白色的。我躺在床上，細心凝看他，才發覺他的臉眞的不合乎正常人的比例。他全身又腫又脹，不是肥胖，更不是健康。我的想法完全錯誤了。

第二天早上，樂文比我更早起，我倆在各自的床上說了幾句話，樂文似乎恢復了精神，他對我說：「新的一期《叛逆天堂》，今天出版了。」

「終於出版了？」我興奮說著，樂文先前已借給我已出版的整套《叛逆天堂》，我倆也在焦急地等著最新一期。「我馬上叫媽媽去買。」

樂文忽然說出一句：「不知道我還能看幾期《叛逆天堂》漫畫呢。」

我很吃驚，樂文一向不說這些沮喪的話，在我心目中，他不知懦弱爲何物，甚至不懂喊痛。但他突然講出這句絕望的話，我淸楚聽見了，不能不相信自己的耳朵，我竟感到一種很異樣的恐怖。

樂文卻微笑著：「薪火，我是騙你的，其實我心裡很怕死，怕得要命。」

我不知該如何回應，我只有屏息靜氣地看著他。

「我很想看到《叛逆天堂》漫畫的大結局，否則，我覺得自己總有遺憾。」樂文說：「萬一我真的死了，我想你可以給我繼續買《叛逆天堂》漫畫書，直至它大結局止。」

「樂文，不要講這些話。」

「答應我。」他看著我。

「我答應你。」我說。

「還有。」樂文看著遠遠臥床那女孩。

我輕輕點點頭。

樂文向我疲倦地笑了一笑，便極平靜地閉上了眼睛。

兩天之後，樂天開始陷入半昏迷狀態。我在他耳旁叫了幾聲「樂文」、「樂文」，他都沒有回應，也沒有將我認出來。我知道他是垂死了。不多久，護士們將樂文移出了病房。

我整天躺在病床上，睜大雙眼，希望醫生、護士會把樂文送回來。

母親來探望我時，給我帶來了最新一期《叛逆天堂》漫畫。我看完後，便把它放在樂文左邊的小桌子上，希望等他回來後立刻便能翻閱。

後來，護士來更換樂文的床單時，準備拿走小桌上的漫畫書，我問她：「樂文會回來嗎？」

護士看著我，一張臉充滿了歉意和同情。「他不會回來了。」

「哦，我知道了。」我轉過頭說。

護士們將本來屬於樂文的床位清理乾淨，也將床邊桌面上的漫畫書包進一個膠袋內，正想拿走，彷彿樂文這個人從未出現過。我叫住她：「可以給我嗎？」

護士凝視我兩秒：「我先拿去消毒。」

「不用。」我說：「我和樂文是患難之交。」

護士微笑了一下，將膠袋交到我手上，我接過了，捧在懷內發呆，想大哭一場。偶爾望向小女孩那邊，她目光正朝我方向，毫無表情看著我，我惟有忍著淚水。

樂文教我的，男孩子要學會堅強。

為了完成樂文的遺願，雖然萬般不願意，在休息室看卡通集的時候，我仍是刻意坐到那女孩附近。電視上播放廣告的時候，我問她：「妳叫什麼名字？」

女孩頭上有烏黑的頭髮，語氣卻拒人千里之外：「我不喜歡自己的名字。」

我愕住了，已想不出任何話接下去。

女孩把雙眼放回電視螢幕上。

「我可以替妳取一個代號。」我想起樂文，頓覺背後有種鼓勵，窮追不捨擠眉弄眼。「不如叫妳做神奇女俠？神奇女俠如何？愛美神好不好？」

女孩給我逗得冷笑起來：「你又是誰？超人？」

「是，我叫超人，妳是神奇女俠。」我說：「就這樣決定！」

「我見到你有很多《叛逆天堂》漫畫。」

「我借給妳看。」我馬上說。

「爸媽不准我看的。」她說。

「那就偷偷看！」我慶幸能與她找到共同話題。

回到病房，我借《叛逆天堂》第一集給她。她等探病時間結束，她父母離開後才開始翻閱。護士勸她多休息，她根本不理會，坐在床上慢慢看，過很久才翻下一頁，看的時候專心一致，似乎要藉漫畫中的某一個角色，帶她離開這個小小的病房。

我靜靜看她，再看看原來屬於樂文的床位，現在卻換了一個只有三歲的小童。

這只說明死亡隨時潛伏著，而且往往出其不意。

一張張不停替換主人的床位，說明了他們沒有時間長大。

往後幾天，我跟她交談了不少話，話題由《叛逆天堂》一書開始，至我們所能經歷的盡頭結束。我見她那張臉和身體狀況一天天不同，有時她會相當有精神，有時體力虛弱得像個嬰兒，有時她雙眼會像水靈般，有時充滿了血絲，舌頭上也長出了血疱，皮膚突然會有一處紫斑的瘀血，叫人不忍與她正面對望。

但她有個習慣，一直沒有改變，她喜歡將頭望向窗外。

我詢問她，「神奇女俠，妳很想出去？」

「超人，我很久沒有上課了，我怕功課跟不上。」

「妳的學校在哪裡？」

她說了一個名字，那是一所很有名氣的學校，學生的質素是最優秀的，將來長大必會出類拔萃。可是，她因何會躺在這裡？什麼也作不得？

那可能就叫宿命。

「不知道我這樣缺課，老師會不會不高興？」

「妳又不是逃學，老師自然會體諒的。」

「即使如此，我的成績也會大不如前。」

我的心有一陣欣慰，她認爲自己可以出院的。我最初以爲她已自暴自棄，喪失了一切鬥志。

我問她：「神奇女俠，可有同學來探望妳？」

「剛入院時，我很希望他們來看我。現在，我變得很醜，我再不要同學來看我了。」

我聽得出弦外之音：「沒有同學來看過你。」

「醫院方面規定，十二歲以下兒童不宜探訪。」她說：「他們可能來過，然後卻走了。」

「也許。」我輕輕說。

有一次，我見到她放在枕頭下的一本《叛逆天堂》漫畫，被她父母發現了。她父親翻了數頁，嚴厲地回她：「這些不良漫畫，妳從哪裡得來的？」

我瞧見她抿著嘴不說話，想揚聲去跟她父親解釋，一時又不敢開口。她父親表情冷漠地收起那本《叛逆天堂》，最後還帶走了。我偷偷過去她床邊看她，她憂愁地說：「對不起，我父親不喜歡我看任何課本以外的刊物。」

我才得知她父親是大學講師，家裡甚至沒有安裝電視機。

「我剛才默不作聲，我也有責任。」我說：「我應該向他們解釋的。」

「有什麼好解釋呢？」她說：「我倒是開心，他沒有把我當作一個病人，而事事遷就我。」

「也有點道理。」我點點頭，又搖頭苦笑。「但也不應該當妳是他的學生，連漫畫書也要沒收吧？妳也沒有穿校服，要記大過嗎？」

她爽朗地笑了：「大學裡沒有記大過這回事，所以我很放心。」

「見鬼！」我也笑起來了。

翌日，發生了一件意想不到的事情，她床前多了厚厚一疊漫畫書，有《怪博士與機器娃娃》，惟獨沒有《叛逆天堂》。她父親來過，親自帶來的，她的神情很歡喜。他父親走後，她仍興奮對我說：「超人超人，我眞不相信父親竟會容許我看漫畫書！」

「他表情嚴肅，其實暗地裡對妳事事關心。」我很替她高興。

「他可能只當是給我的病中福利。」她有點洩氣。

「就算是救濟，他也要有心才行。」我鼓勵她，也對她父親完全改觀。

「超人，你要看什麼書，你隨便拿去吧。」

「好的，我會不問自取。」我說：「妳要看《叛逆天堂》，說一聲便行，會有專人航空快遞給妳。」

她點了點頭，又用她那隻又長又瘦的手執著漫畫書，愛不釋手地翻著，十分滿足地微笑。

其後，我總會藉還漫畫爲名，實際是上前跟她講幾句話。她開始莫名地發燒，醫生爲她打退燒針，燒退後，又再度燒起，反反覆覆的。她差不多每隔一天就得接受化學療程，聽母親說是爲了抗癌。她每次化療完畢，被護士們抬回病床時，就會渾身濕透，並經常嘔吐。我會忍不住走過去，不著痕跡地去扶著她。她呼吸的時候，有種難聞的氣味，我曉得，那不是口氣壞，而是——

像一種腐爛了的味道。

母親對我說：「癌病眞可怕，一個人外表看來沒異樣，裡面卻像一個蛀空了的蘋果。」

「神奇女俠會死嗎？」我遠遠看著她，她正昏睡著，她母親伴在她身旁。剛才她突然喊痛，醫生替她注射了一針。

母親一句話也沒有說。

我說：「媽媽。」

「媽媽不敢肯定。」她捉緊我的手，刻意岔開話題：「是啊，醫生告訴我，你快可以出院了。」

「我可以出院了？」我害怕這裡，「我何時可以出院？」

「只要再觀察一星期。」

「我想馬上離開。」我說。

「好，我們盡快離開。」母親答應了。

「我希望盡快。」

我始終不敢說那一句話：「我害怕看到她死去。」我不肯讓自己吐出那一句話，因我害怕一語成讖。

當天晚上，我趁護士不在，又偷偷走過去她床邊。我站在她跟前，凝視著她，蓬鬆的長髮已失去了光澤，在她腦袋上堆成鳥巢狀，斷髮掉滿枕頭上，牀上也是。只見她那一雙修長美麗的手無力地交放在胸口前，肚子卻鼓脹了很多，極像樂文死前的情況。

我伸出手，將她脫落的髮絲抓起，握於掌心，一步一步走回自己的床，突然好想逃出去——逃出這間病房！可是，只逃到了病房門，被兩個護士截住，根本沒有掙扎的能力，就在她們柔聲相勸和強力制服下返到床上，吃了一次藥，然後我便昏昏沈沈地睡了。

我離開醫院的前一夜，她的頭髮已經完全掉光了，細茸毫髮覆在她頭上，瘦削的臉如吹氣般變成另一個人。她緊閉雙眼，薄弱的身軀似乎已停止生息。我隔得很遠看她……我完全不敢靠近她了。就在我痛心地轉身，想回到自己的病床時，我聽到她喊我的名字。

「超人。」她從背後喊我，喊得艱辛無力。

我轉過身，她半張開眼睛看我，再低呼喚我一次。

「薪火。」

我呆住了，「妳知道我的名字。」

「我早知道了。」她使盡氣力說下去：「我也不叫神奇女俠，我叫賈慧。」

我一聽，心裡發酸。她不喜歡自己名字，但她將她的名字告訴了我，也就是說，她已經放棄了堅持。我對她說：「那是我一生中聽過最好聽的名字。」

賈慧笑，「你這一生，聽過多少名字？」

我感到自己臉上的兩行淚水已靜靜掉下來：「賈慧，妳要堅強一點。」

「我已經不想和死亡作對了。」

「妳還有更多事要經歷的。」

「薪火，你就代替我去完成它，好嗎？」

「我不要！」我很難過。

「薪火，我沒有什麼給你。」賈慧伸手到桌子那邊將一件小東西交到我手中，「留著。」她的手無力而冰凍。

「我會好好保存。」我握緊拳頭。

「薪火，能夠給我一本最新的《叛逆天堂》嗎？」

「可以。」我回到自己的床邊去取，再回來時，賈慧已閉上雙眼。我喊她的名字，喊她「神奇女俠」，她沒有回應。我輕輕提起她那雙仍然修長漂亮的手，將漫畫書放在她胸前，把她的手按在書封面，讓她在一覺醒來時，可以馬上看到最新一期的《叛逆天堂》。

翌日清晨，我一睜開眼，就見到賈母雙親站在她床邊，我還聽見一陣嬰兒的哭泣聲。看清楚，賈慧母親手上還有一個很小的嬰兒。

我突然想起，兒童病房是不准十二歲以下探訪的，我心裡便清楚意識到，這次的例外，表示賈慧一家人，正在見賈慧最後一面。

賈慧一直陷入昏迷中，沒有醒來，沒有張開雙眼。

中午時分，母親替我辦理好出院手續。我去作檢查，換過了便服回來，正準備收拾離院，賈慧的床位已空了。陽光從樓與樓之間斜照入內，剛好將本屬於她的床單照得雪白空洞。

我在那條安靜的長廊上，遠遠見到賈慧一家。

我對母親說：「媽媽，可以等我一會嗎？」

母親望望賈氏夫婦那一邊，拍拍我的背。「去吧，我等你。」

我慢慢一步步走向他們，我停在他們面前。

「賈先生、賈太太。」

賈慧的母親摸摸我的頭，她雙眼紅腫了，仍強笑說：「小朋友，你出院了。」

「是的。」但賈慧呢？

「要好好珍惜身體了，知道嗎？」賈太太溫柔叮囑。

「知道。」我凝視著她手上的嬰孩，「是女孩子嗎？」

「是。」賈太太的聲音一啞，「賈慧的妹妹。」

「她叫什麼名字？」只見女嬰左邊眼角有顆淚型的痣。

「賈賀。」

「賈賀。」我雙眼迷濛了。「祝妳永遠幸福健康。」

賈賀睜著圓圓的大眼睛看我，我對她微笑，她伸出小小的手，撫摸我臉頰，我的眼淚終於在笑容中落下。我在心裡暗暗對賈賀祝福了一萬遍，希望她不要像姐姐那樣，痛苦過，卻沒有生活過。我祝福她快快長大、好好長大。

樂文和賈慧的死，令我覺得自己身體的一部分也死去了，同時覺得兩人藉著我的身體重生。兩人一直活在我心底最柔弱的地方。

那是我童年記憶最深刻的故事。

第一章　十五年後那個怕痛的男孩

我幾乎忘記，我已長大，我馬上摸摸自己的衣領，我說：「我是薪火……兒童病房裡的那個小朋友！」話說出口，我又立刻後悔了，我畢竟提起了不該提起的事情。

每逢換季，我的哮喘病便會特別嚴重。

又是光顧醫生的時候了。

醫生一邊寫報告，一邊對我說：「打一支針會比較容易見效。」

我急急提出：「醫生，你開一支藥力較強的藥給我吧。」

「打針的效力是最快的。」醫生說。

我的女友紀文在一旁笑著插嘴：「醫生，薪火最怕打針。」

醫生望我一眼，托一托金絲眼鏡框：「三十歲還怕痛？」

我靦腆笑笑，盯盯紀文，她向我裝了一個鬼臉。

離開診療所的時候，天色已經變黑了。

「我們去吃晚飯。」我問紀文：「有什麼好建議？」

「我要下星期一才發薪。」紀文說。

「我也是。」我有點喪氣，把雙手插進褲袋裡。

「沒關係啦，還不是一樣吃下肚子裡去？」紀文安慰說。

我聳聳肩。「麥當勞、大家樂還是大快活？」

我和她在快餐店坐下，叫了兩個套餐，共計港幣三十八元。每次臨近月尾，做人總要委屈求存。

紀文給我看她畫的分鏡，那是一個關於金飾的廣告。

「故事意念不錯。」我稱讚紀文，「是大客戶？」

「正在接洽大明星娉婷的經紀人。」紀文說：「光是付給娉婷的酬勞，已超過港幣兩百萬。」

我聞言，不禁咋舌。

「而且，如果成事，此廣告將會在中國大陸播放，超過十億人民能收看到。」紀文說。

「我們還是走吧。」我放下充滿味精的湯。

「你吃飽了嗎？」

「不，我們換個地方吃日本料理。」我心情雀躍，「先簽信用卡，我們去慶功！」

「我們連 Presentation 都沒有開始。」紀文搖搖頭笑，「最怕一場歡喜一場空。」

「我討厭這碗味精湯。」我苦起了臉。

「那就不喝，吃飯吧。」紀文看我那盤豬排飯。

我悶悶地吃下一口飯，非常賭氣地。

用膳完畢，我和紀文又再漫步尖東海畔，享受免費的消遣。在街上向情侶兜售著鮮花的大嬸們大都認得我，連走過來向我兜售的氣力也省了。我想，她們碰了足足三年釘子，已經對我心灰意冷了吧。

我倆在地鐵月台分別，臨分手前叮囑她，回家後留一個話給我，讓我放心。

我在車廂裡幾乎睡著。後來進來了一個露肚臍的漂亮少女，我才睜著眼堅持三十五分鐘。

我走出地鐵站，在步行回家的十分鐘內，收到了紀文的傳呼。踏入家門，母親問我：「醫生說什麼？」

「他只叫我多去看他。」

「病情無大礙吧？」

「醫生給我的藥，我在藥房也能配。」我走進房間，「以後可以省下探望他的一百元。」

母親揚聲：「傳呼機公司來電催促你交前兩個月積欠的帳，他們說隨時會停機。」

我應一聲，便關上了門，扭開收音機，成大字型攤在牀上。

記起自己還未核對六合彩結果，馬上走出大廳按馬會熱線，然後我發覺我該得獎的。四注共二十四個號碼，居然和結果無一相同，我覺得自己應該得獎的。

母親邊看新聞報導邊喃喃自語：「水費又漲價了。電費也漲了。」

我放下電話，對母親說：「媽媽，我明天就有錢了，家用費將酌量提高。」

母親說：「留著自己用吧。」

「我留著自己用，我就是真的沒用了。」我笑。

翌日早上，我如常下班。我工作地點在尖沙咀新港中心內的兒童遊樂場「歡笑小天地」，我專門負責「彩虹池」那一個遊戲範圍。

在員工休息室，我更換制服，準備換班的女同事則在瘋狂地抽煙。

「薪火，來一支？」她將菸包拋到我手上。

我接過，又拋回給她，「我不抽的。」

「如果要抽大麻，我也有。」女同事很認真。

「我也想抽，但我有哮喘病，抽不得。」我說笑。

「那麼，你會欠缺很多人生樂趣。」女同事搖頭。

「可能我會長命一點。」

「那是比欠缺人生樂趣更痛苦的折磨。」她一直在點打火機，灼著自己掌心，數秒後熄滅，又再點起，繼續燒烤手掌。我一直覺得她有自毀傾向。

與同事換了班，我在「彩虹池」前站著。平日的顧客不多，小孩子是不會自己進來「歡笑小天地」的。每天晚上六時後，父母下班，攜小朋友來玩，會漸漸人多，但周末周日才是眞正高潮。所以，星期一至五我呆站在那裡，惟一的職責就是驅走盤旋上空的蒼蠅大哥——不，不是拍蒼蠅，拍死了牠我會悶上加悶。

看看「射熊心」那邊，那是整個「歡笑小天地」難度最高的遊戲，長年累月也沒有一個顧客玩。負責站崗的是一個有資格投身日本相撲界的胖子同事，他有能力三個小時站在同一個四十公分見方的地方，眼睛眨也不眨，而當他身軀一移動，兩肩竟有微細灰塵飛揚而下，使我確知「封塵」的眞正意思。

一到下班時間，回到員工休息室，室內已煙霧瀰漫，人人手執一菸，差點伸手不見五指。我總是最早離開的一個。

我打電話到紀文的廣告公司，緊張地問她：「來了沒有？」

「今早來了。」紀文笑。

我跳起來，「去慶祝！」

我和紀文去了尖沙咀一間高級的時鐘酒店對面的日本料理，慶祝脫離起碼兩星期的非人生活。

我們點了一個情侶套餐，那位胖胖的侍應生掛著一個非常滑頭的笑容，說：「謝謝，謝謝。」他哈著腰。這讓人清楚明白，做某些事情以至吃點東西，金錢不是萬能，沒有錢卻萬萬不能。

我倆決定看一場九時半電影，然後才回家去。

我先去海運戲院購票，挑選了兩張全場最佳的位置。愉快地吹口哨回餐店的路途中，在一條馬路遇見兩位似曾相識的人。

定一定神，兩秒鐘後，我心裡確定是他們了。十五年不見，我知道自己沒有認錯他們，一眼便能認出。不需太多思考，一眼便能認出。

——也許由於過去所發生的那件事情，在我生命中太深刻的緣故。

他們站在對面馬路，我站這一邊，面前有無數車輛經過，我的心在激盪著。亮了綠燈，全部車子停下，他們兩人迎面步向我，我居然動也不動，像傻瓜般立著，直至他們步過了我身邊，我聽見自己叫喚：

「賈先生、賈太太。」

賈氏夫婦馬上停下腳步，回身向我，上上下下把我打量一番，投以一個疑惑的目光。

我幾乎忘記我已長大，我馬上摸摸自己衣領，我說：「我是薪火……兒童病房裡的那個小朋友！」話說出口，我又立刻後悔了，我畢竟提起了不該提的事情。

賈太太彷彿沒有把我忘記，她詫異地看著我，「你是薪火？」

我答：「是！」

「你長大了。」賈太太說。

我用力地點頭，我是長大了。賈先生、賈太太卻蒼老了不少，我心裡很酸。

賈先生與我握一下手，他遞過自己的名片，我雙手接過了，名片上面印著的名銜是：香江大學教授。

賈先生友善地笑，「薪火在哪裡任職？」

我據實說了自己的工作和地點。

「不錯的工作，可以爲小朋友帶來快樂。」賈先生欣賞地微笑，笑容中沒有任何貶意。

我挺一挺胸，「我也喜歡自己的工作。」

「薪火今晚能抽空跟我們吃頓飯嗎？」賈太太問。

我很抱歉，「我約了朋友。」

「女朋友？」賈太太笑。

我臉上一熱，顧目四盼，「不見賈賀？」

賈先生插口，「她在家裡溫習功課。」

賈太太接口說：「賈賀書讀得不錯。」

我記起那個小小的嬰兒，用小小的拳頭擦過我的臉。我心情太愉快：「何時帶賈賀來歡笑小天地，我免費送給她一百枚代幣。」

賈先生和賈太太微笑道謝。

我將雙手放進褲袋中，望望綠燈閃啊閃的，「賈先生、賈太太，我要走了。」

賈太太關懷說：「小心過馬路！」她還是把我當作小孩。

我笑笑，急急過了馬路。短短三十秒的乍遇舊人，使我感到自己年輕了很多，也回想起很多。有點高興，卻有更多感慨。

我回到日本料理店，紀文問我：「全院滿座了？」

我坐下來，有點奇怪。「不是啊。我買了全院最好的位置。」

「你看來有些憂愁。」紀文看著我。

「是嗎？」我聳聳肩，挾起一塊壽司，放進口中，呑下肚裡，卻又忍不住說：「我遇見一對夫婦，突然令我想起很多。」我什麼都跟紀文說。不說出來怪不舒服的。

「想起什麼？」紀文問。

「想起我童年時的一段經歷。」

「一段不好的經歷？」

「非常壞。」我想起樂文、賈慧，我沒有了笑容。「我以爲自己忘記了很多，原來我記起的比忘記的更多。」

「那是好事。」紀文說：「那一對夫婦，以前一定對你很不錯。」

「妳怎知道？」我好奇問。

「若他們對你不好，現在你只會見到他們老態，時日無多，高興還來不及。」

紀文說：「正因他們對你很好，你才會有更多感慨，關於時間和生命。」

「妳說得對。」我讚賞地說：「必須承認，妳是一個天生的創作人。」

「事必有因，因必有果。」

「是是是是。」我看看錶，「我們再不動筷子，就會對電影劇情一頭霧水了。」

紀文也看看錶，她馬上笑著提起雙筷，「改變因果關係，方法只有一個，就是——」

「少說話，多做事！」我嚴肅的說。

我倆像心靈相通似的，相視而笑，埋首吃飯。

畢竟……也是老夫老妻了。

第二章　再見曾撫我臉頰的小女嬰

賈賀向我留下一個相當冷漠的神情，冷冷一笑，冷冷轉身，她對我沒有任何歉意，更無同情。我雙眼迷濛一片，賈賀冰凍的臉孔和小女嬰的可愛容顏在我眼前相互不停交疊著。

我以爲自己的生活會維持一個世紀的平靜，在那一天卻徹底打破了。

那是一個潮濕的傍晚，我繼續在彩虹池內浮浮沈沈，天氣悶得令人想殺死路邊的兇惡野狗。我見到相撲手同事的喉頭在劇烈抖震著，我想他在哼日本國歌。義氣女同事在仔細欣賞手臂上超過三百道每道約一吋的刀疤，據稱會再割上二百四十多條。當她那位持械行劫失敗，正在替同黨頂罪的義氣男朋友光榮出獄時，她會露出體無完膚的手臂，以示自己對他的忠心耿耿（又據聞兩人準備私奔，打算學電影《閃靈殺手》中的男女主角，穿街過巷連環殺死五、六十隻貓狗，企圖博取電視台以至雜誌爭相採訪，成爲家喻戶曉的大英雄）。

顧客不見得多，由於對街商場開了一間面積比我們大上三千呎的「歡樂宇宙」，搶去我們不少客人。本來應該熱熱鬧鬧的黃金時間，仍然冷冷清清，悽悽慘慘戚戚，眞是見者心酸。

就在全人類都無精打采的時候，賈太太突然出現在我面前。

「薪火。」賈太太溫和地說：「有沒有妨礙你工作？」

我抖起精神，扮作敬業樂業。「不會。」我興奮地看看周圍，滿懷期望地問：

「賈賀有來嗎？」

「她沒有來。」

「我們始終緣慳一面。」我失望。

賈太太看來像有點心事。「薪火，你今天有沒有休息時間？」她欲語還休。

我看看錶，「我還有五個小時才下班。」

賈太太面有難色。「那我等會兒再回來。」

我留住她，「賈太太，找我是否有事？」

賈太太看看周圍，低聲說：「這一次來，其實是有個請求。」

我見她說得嚴重，我馬上說：「請等一會，我和妳出外談談。」

「但是，你的工作——」

「我請同事代班半小時。」我馬上動身。跟相熟同事說了一聲，並答應下次雙倍奉還。

五分鐘之後，我跟賈太太走出「歡笑小天地」，到了一間咖啡店坐下。

天氣很潮濕，室內冷氣很冷。玻璃窗被霧氣罩住，模糊一片。

我嘗試得體地說：「賈太太，我有什麼能夠幫助得上？」

「是……關於賈賀。」

我有不祥預感，「賈賀怎樣了。」

「她有一個多月沒有回家了。」賈太太說。

我一怔，凝重地問：「有報警嗎？」

「沒有。」

「請了私家偵探嗎？」我突然記起，賈賀父親是大學教授。所謂家醜不可外傳，我倒明白。

「都沒有。」賈太太卻說。

「但她失蹤一個月——」

「她沒有失蹤。」

我不作聲，示意她說下去。

「我們隨時可以找到她的。」賈太太說：「只不過，無論我們怎樣規勸，她也不肯回家。」

我想起紀文所說，凡事總有因由。我問：「賈賀是否誤交損友？抑或讀書壓力太大？或什麼別的……」

「我想，是我和我丈夫管她管太多吧。」賈太太歎口氣，「薪火，你應該最清楚，我們將全部希望付託在她身上。」

「我明白。」我懷念賈慧。「我明白的。」

「也許由於這樣，賈賀感到壓力。」賈太太垂下眼睛。

我有點遺憾。「我一直以爲賈賀和你們相處良好。」

「我這次來，是瞞著我丈夫的，這畢竟不是件風光的事情。」賈太太神情難過，「可是，若對她採取放棄態度，我將會失去第二個女兒。」

我努力點點頭。

「你們大家都是年輕人，可能比較談得來，我想請你幫我勸她回家。」

「這個——」我頓了一頓，感到自己處境難堪。「我完全不認識賈賀，我怕自己無法勝任。」

「我什麼方法都試過了。」賈太太說得有點悲涼。

我不忍，「我盡量試試。」我沒抱多大信心。

「謝謝你，」賈太太衷心說。

「賈賀最常在何處出沒？」我問。

「尖東海畔。」

「尖東海畔。」我苦笑了。多少次行經那裡，竟不知賈賀可能就在人群中。她不認識我，我也不認識她，但我倆曾經有那麼一刻如此接近過。我至今仍記得那小女嬰對世界懵懂不知的面孔。

我用手掌擦去玻璃窗上的霧氣，窗外是尖東海畔、鐘樓和文化中心，感到自己和賈賀原來距離很接近。

我凝視窗外。「我與長大後的賈賀素未謀面。」

「我有她的照片。」賈太太在手袋裡抽出一張相片。

我接過後，沒立即看，夾在手中，盡量壓抑自己情緒，深深吸一口氣，才使雙目對準照片。相片中人是一個純樸的少女，鵝蛋臉型，相貌普通，眼睛很大很明亮，皮膚是象牙色的。我默默看著相片中的賈賀，相當不能置信，恍若昨天還是微微粉紅色的小小嬰兒，一下子就在我眼前變大了。

「她很漂亮。」我對賈太太微笑。

「請帶她回來。」賈太太雙眼有點潤濕。

「我會！」我再看看相片，抬頭對她說。

當天晚上，紀文要與客戶聚餐，我本來會回家吃飯，只是想起賈賀可能會在尖東海畔遊盪，我就按捺不住自己的好奇心，沿海畔漫步了一圈。平日我不大留意別人，但當我留心去看，我發現有很多張不同的臉孔，各人都漫無目的向前走著，不斷避開迎面而來的人群。

我走到尖沙咀東部，也見不到一個貌似賈賀的女孩。我有點失望，走到大富豪夜總會門前，綁好鞋帶，然後去麥記（麥當勞餐廳的簡稱嘛）買了帶走。在噴水池邊的長椅上啃漢堡，看著噴水池向天空澎湃的水泉，心中卻充滿著賈賀這個女孩。

我盤算著遇見她後，我要跟她說的第一句話。

這二十年來，除了我母親以外，我和紀文說過最多的話。而我們彼此的第一句話，也是由紀文開始的。嗯，還有義氣女同事，她第一次見到我講的第一句話是：「我是新 Beyond 的，你隸屬哪個幫？」

我很怕跟陌生人講第一句話，我怕遭拒絕。

我用餐完畢，正準備離開，路過報攤，新的一期《叛逆天堂》漫畫出版了，我馬上買下，迫不急待回到剛才的長椅上翻閱。在我翻到半本的時候，有一個妙齡少女坐到長椅的另一角來。

四周的燈光不是太足夠，我當然也不會轉頭望清楚少女的臉容。在尖東一帶，做人必須小心，勾搭少女的後果，可能會令你失去一條臂，或一條腿，或一條……代價是否太大了一點？

我不算太聰明，但也不至於勇敢得敢以身體任何部位押注，你以爲我是賭神呀!?傻啦你！

但是，一分鐘之後，有人開始勾搭少男。

「新的一期？」

我呆了一下，斜眼看少女一眼，不能否認她樣貌很惹人好感，我禮貌地說：「今晚才出版的。」

少女靠近我一點，「能一起看嗎？」

我的耳根開始發熱，「不太好。」我想站起身離開。

少女說：「你一站起來，我會喊非禮的。」

我起身的動作馬上僵住，隔了兩秒，我在心裡罵了一句「神經失常」，繼續站起來，少女仍笑著說：「若不相信，你試試看。」

我重重坐回去，正色瞪著她：「你是否認錯了人？」我在街燈下看清楚她，才見她短髮，頭髮卻染成灰白色。

我後悔自己一個人坐在尖東，我以爲自己世故了，其實自己還是太天眞。女人身體已經是最好的武器。

「我認得你。」少女說：「能夠將錢包給我看看嗎？」

「不要太過份。」我心裡很害怕。

「你在恐嚇我？」少女笑一笑，忽然露出溫柔的神色。

「不是，我在發牢騷。」我盡量使自己冷靜，「大家出來笑傲江湖，山水總會有相逢，留給別人三分面子，會不會讓自己明天更好？」

「我喜歡你！」少女似乎很認真，「我只要你借給我你手上那本漫畫。」

「就是這樣？」我又覺得匪夷所思。

「就是這樣！」少女點頭。

我戰戰兢兢將手上的漫畫遞給她，並對她說：「不用還了。」

「我知道。」少女站起來。

我立刻擋住她，記起自己將賈賀的照片夾在書中其中一頁。

「怎樣？」少女非常氣定神閒。「想跟我做朋友嗎？」

「我有一件東西夾在書內，我要取回。」

少女沈默一會，似無異議，翻翻內頁，將照片取出，交回給我。我正欲接過，她又縮手，問：「明星相片？」她將賈賀的照片移近眼前。

「女朋友的。」我隨口答，只想取回相片，盡快擺脫她。我不知道她背後還有多少人，甚至整個組織支撐她。

「眞的是女朋友？」她看著我。

「我騙妳有何用處。」我苦笑。

「那麼，跟我來。」少女收起照片，「我們去見見你女友。」

「什麼？」我傻掉了。

「我認識你的女朋友。」

「你認識她？」我指指照片，半信半疑，覺得那是個陷阱。

「我從沒聽她提起你。」

我一聽到此話，就肯定她是認識賈賀的。

我決定跟她走一趟。

我說：「我和她兩人一見面，不就眞相大白了？」

「我們啓程吧。」少女笑吟吟說。

我和少女步向文化中心那方向，我企圖從她口中知道更多賈賀的事。

「我很喜歡妳的髮型。」我對她說：「在髮廊染的？」

「我自己染的。」她彷彿很自滿，「沒有幾個人敢染白色的。」

我心裡暗暗祝福她，快快年老色衰，白髮斑斑，可節省染髮的金錢。我笑著問她：「妳叫什麼名字？」

「叫我雪曼。」像個假名字。「你呢？」

「薪火。」我說。

「薪火相傳的薪火？」

「是。」我取笑自己。「我媽媽害怕絕子絕孫。」

「你照片中的 Phyllis 扮相十分土，很多年前拍的？」

「是有點土。」我又開話題：「雪曼，妳跟 Phyllis 是好朋友？」

「此外，還有藍雁。我們三個老友早已結拜。」雪曼原來很健談。

「你們結拜了做姊妹？」我不斷引她說話，希望認淸底蘊：「妳們誰是大姐，誰是最小的？」

「我們不分年齡大小，只求彼此互相照顧。」

「姊妹情深？」我笑。

「姊妹情深！」她也笑了。

雪曼帶我到文化中心前停下。

「我先過去跟 Phyllis 說一聲。」她看著我。

「好吧。」我很緊張。

雪曼向圍繞著文化中心的柱子走去，柱後因欠缺燈光，漆黑得最適合情侶們互相取暖，道友少年吸毒，一群男男女女講鬼故事。

我想不到，自己再見賈賀，竟會是在這一個我一向反感的黑暗地點。

我甚至以爲，再見她會在「歡笑小天地」，她會活潑地跟她的同學來玩彩虹池、打保齡球，開開心心地贏取一個熊狗毛娃娃。

我知道我會一眼把她認出來，我必會一眼看出她左邊眼角的一顆淚型的痣。

但全都想錯了，錯得令我覺得可笑之極。

是的，我知道我不該認眞。但我畢竟認眞了十五年，認眞得以爲賈賀會活得好好的，那是由於，我曾經對她祝福了一萬遍。

可是，我明知即將見到賈賀，距離白雪公主將會很遠，她甚至可能不再是「純潔」的好女孩。

有一名女子從柱後面緩緩步出來了。

我張大嘴巴，請求上天不要逼我相信，那是賈賀。

女子走到我面前，看著我。我也看著她。女子的膚色不是象牙色的，也不是蒼白，在四周微弱不堪的照明下，她的皮膚是半黃半靑的，臉上有一種很落寞、很風塵、很熟練的樣子。她仰仰頭，長髮飄蕩，一頭火熱的紅色。

女子恬靜地看著我，毫無畏懼地與我對視，像跟我打一場硬仗般。我有一陣心痛從心窩深處發出，我比她先垂下了眼睛。

女子將她口含的兩支香菸夾在手指中，她用一種菸酒過度甚至吸毒過度才獨有的沙啞嗓子問：

「痞子，你怎會有我的舊相片？說！」

我沒出聲，已經受傷了，是她，眞是她，是賈賀，那個曾經用她比海綿更柔軟的指頭觸摸我面龐的小女嬰。

我無力抬頭看她，仍然無法置信：

「賈賀——妳眞是賈賀？」

「痞子，你最好不要再提那個名字。」賈賀一說話，左眼角的痣看來就像一顆閃動著的淚珠。

「連自己名字都不喜歡的人，不會喜歡自己。」我看著她：「妳叫自己 Phyllis，對不對？」

「痞子，我不想聽你傳教——」

「我不叫痞子。」我終於衝口而出。「我叫薪火。」

「我管你叫呻吟？是他們派你來吧。」賈賀說：「他們給你多少錢？我付雙倍。你最好馬上消失。」

賈賀口中的「他們」，是指她父母吧，但她似乎很仇恨賈先生和賈太太，她刻意絕口不提「父母」兩字。

我腦裡一片空白，只能對她說：「妳回家吧。」我馬上發覺自己說了太愚蠢的話。我滿以爲她是受了傷的小動物，而實際上，她更像一頭龍，天生戰鬥性格，外表已使人難以接近。而我，我只是毫無還擊之力的人類而已。

「說一個價錢給我聽聽。」

「他們沒有給我一毛錢。」

「你爲正義？」賈賀的表情，像聽到了世上最可笑的笑話。

我不出聲，感到自己像個神經病。

這時候，我見雪曼也走出來，她背後還有一女子，全身穿藍色衣服，長髮披面。她手握著一瓶啤酒，我完全看不到她面孔，但我馬上可以聯想，她是雪曼口中的另一姊妹藍雁。

兩女走到賈賀身旁停下，雪曼問她：「Phyllis，薪火是不是妳男友？」

賈賀盯盯雪曼，雪曼馬上噤聲。我留意到藍雁正仰頭把啤酒大口大口灌進喉嚨裡去，一雙眼卻不斷瞅著我，那種眼神，像是我和她有一段血海深仇。

而我根本不認識她！

賈賀似乎很不耐煩了。她向我下驅逐令：「痞子，你替我告訴他們，我——」

「我代答。」那個藍雁輕輕在背後推開賈賀，突然將手中的啤酒瓶向我頭上用力一揮，我嚇得馬上舉臂去擋，瓶身立時砸在我右臂上，瓶尾敲在我額上，整個玻璃瓶應聲而破，玻璃飛賤了一地。

我只覺手臂一陣刺痛，額角冒出一片冰涼，全身被啤酒沾濕。我震呆了站在原地，一時間難以想像會有這種事情發生在我身上，我現在應該在家中開冷氣，喝著可樂看著電視劇的。

我不知自己爲何會站在這裡，與三個慘綠少女周旋。

「可以走了。」藍雁留下一句，轉身離開。

賈賀和雪曼也跟著離去。賈賀向我留下一個相當冷漠的神情，冷冷一笑，冷冷轉身。她對我沒有任何歉意，更無同情。我雙眼迷濛一片，賈賀冰凍的臉孔和小女嬰的可愛容顏，在我眼前不停交疊著。

我聽見雪曼對我說：「漫畫書要還給你嗎？」我沒有回答，她便追上兩人，離開了。我閉上眼睛，見到賈賀的現在和過去一同消失。

我搖搖擺擺走到文化中心「映月樓」下面的長長樓梯坐下，看看自己擋瓶子的手臂，瘀黑了一大片，卻不見紅。我很高興，也很難過，嗅嗅身上難聞的酒味，我知道自己和那三位墮落天使不會再有任何接觸，或者牴觸。

我知道自己絕對沒法子帶賈賀回家。眞的。我沒有超能力，不是超人。

一想到超人這兩個字，我心便一沈。

我叫自己站起身，額頭又一涼。我坐下，摸摸自己的頭，沒有疼痛，卻彷彿有一塊尖尖的東西嵌在額上，我將它抽出來，是一塊玻璃碎片，與此同時，一道暖流沿額滑下，我拭一下，竟然是紅黑色的鮮血。

是我流的血。

我按著那傷口，而血流滿我手心。我一慌張，馬上彎起腰，頭盡量仰向前，讓血滴流地上，而不要沾污我一千零一件的 Polo 衫。

我見到面前有很多人經過，各人（或二合一情侶）見到我流血，完全無動於衷，宛如我流的是口水。後來有一對好心的情侶，女的一下驚呼：「唉喲，有人流血了！快打電話報警吧！」男的便掏出一個一元硬幣給我，讓我自己打一一九，然後他倆繼續邊走邊親嘴，像一對親密螃蟹。

我掙扎站起來，有個男人將我推回地上。

我忙說：「我只喜歡女人。」

男人露齒笑，「我男女不拘。」他急急拉開公事包的拉鏈，爲我包紮。

他溫柔問我：「痛嗎？」

「不痛。」我打從心裡感激他。「我需要付錢給你嗎？」

「不用了。」男人從西裝袋中抽出一張卡，「有事找我，有朋友也介紹給我吧。」

我接過一看，嚇了一跳：「你是獸醫？」

「還不是一樣的醫法！」男人拉好公事包的拉鏈，拍拍上面的灰塵。

「說的也對。」我摸摸額上的紗布。

充滿善心的獸醫男人走後，我一個人帶傷回家，在地鐵車廂內，我按按額角，還是覺得不痛。我以爲自己最怕的是痛楚，原來，我最怕受傷的感覺。

賈賀首先給了我受傷的感覺，藍雁那一記玻璃瓶迎頭擊下，我所害怕的程度還不及怕賈賀的多。可能，是一切來得太突然了吧，我連恐慌的感覺也未曾有過，等有害怕感覺的時候，事情也已發生完畢了。

我只是盤算著，怎樣向賈太太解釋才好呢？

第三章　白天和黑夜的雙面人

嘗試去看看白天的賈賀吧。有很多人，
白天和黑夜是兩個人。

由於我的工作是服務業，總不能讓小朋友們見到一個包著頭的印度哥哥，所以，我向經理請了兩天病假。

我在家打電話到紀文的公司，我對她說我感冒了，臥病在牀，非常無聊。

「我最近經常頭痛，也沒有好好休息。」紀文在電話裡說：「只怪我當初選錯了工作。」

「我也這樣認爲。」我說：「妳和我月薪也差不多，工作卻是天差地別！」

紀文歎口氣說：「有空問問『歡笑小天地』要不要招聘新員工。」

我說：「去『歡笑宇宙』吧。據說他們正高薪挖角，想挖走所有『歡笑小天地』的職員，我也蠢蠢欲動了。」

「他們出價多少？」

「月薪大約比『歡笑小天地』多一千元！」

「工作可能辛苦很多，不要說我沒提醒你。」

「還不是一樣站著。」我倒不擔心，「莫非他們要求員工倒立！」

「或者要你套進白兎大模型，在街上發傳單。」

「或者要你潛進『歡笑小天地』施放毒氣。」

紀文笑說：「你感冒，多休息吧。」

「是的。」我摸摸額角上的紗布，「到了月中，又要開始長期抗戰，我如何風流快活？」

「我眞受不了你。」紀文笑，「要工作，不談了。」

「再見。」我知道自己阻礙了她工作，只好依依不捨放下電話。

扭開電視，早上的節目眞可以悶死人，母親上班了、弟弟也上學了。我還是耐不住寂寞，小心翼翼地戴了一頂帽，掩蓋頭上那道傷痕，然後以畢生最快的速度出門去也。

我去了鄰近的戲院看了一場十點半早場，全院同坐的還有三個老伯。我看的那一套是歐美三級男女肉彈血淚交織生死決鬥電影，我怕同坐三老會有人血管破裂而暴斃，我便無辜地成爲三分之一個疑兇。

電影放映途中，我的傳呼機響起。我按機上的照明紐，顯示了傳呼者是賈太太。她留下電話號碼。我的心情馬上變壞。我根本不知該如何向她解釋我辦不到，又如果說自己工作太忙，沒有時間找她，我又可以逃避到何時呢？

我呆呆地看完下半場。走出戲院後，我覺得自己想找個人來安慰我。這件事我無論如何不希望紀文知道，除了她以外，我嘗試找我中學時代的幾個舊同學：梁日照、卓志遠、學聯、乾坤等人。我憑舊時的記憶打電話到每個人家中。學聯不在家。乾坤家人說，乾坤早就搬出去住了。卓志遠的電話號碼我記錯了，被一個粗魯男人問候我母親，我馬上問候他一家人，然後掛斷線。我最後找到梁日照，他大約過了半分鐘才接聽電話，聲音有些遲疑（或遲鈍），我說明是借過十元給他買《天下畫集》的神祕同學後，他的聲音馬上精神百倍：「薪火！」

「我衣食不繼，請還錢。」

「時間？」

「現在。」

「地點？」

「隨你。」

我們約了在海運大廈平台停車場見面，我在乘地鐵時買了一分全港最暢銷的《眞周刊》解悶。周刊內有幾個漫畫、歌星專輯、小說的評論專欄。我在文評一欄又見到梁日照的名字，寫書評的那位專欄作者，第N次將梁日照和他的最新著作貶得一文不值。梁日照畢業後開始寫作，我幾乎每個星期都在報章雜誌讀到有關他的報導。

我倆幾乎同時抵達。

「看過了沒有？」我揚揚手中的《眞周刊》。

梁日照笑著點點頭。

「你和那位文評人有仇？」

「你不知他身分？」梁日照說了一個名字。

我一陣錯愕：「是他？」亦是我們的一個中學同學。我喃喃說：「難怪！」

梁日照看看我，「近來生活如何？」

「還過得去。」我聳聳肩。

「是有些疑難雜症吧？」他說：「想找我出來訴訴苦，或者希望我能給予你任何意見。」

「你果然料事如神。」我苦笑。「有當作家的條件。」

「剛才在海運大廈商場與你相遇。你見到我之前，我已看到你一個人愁眉深鎖，爲情所困的樣子，你怎麼騙得了別人？」

「幸好你提醒。」我說：「這件事我實在不想讓女友知道。」

「當然不要讓女朋友知道太多。」梁日照點醒了我：「女人只愛聽是非，不愛聽事實。」

「請受小人一拜。」我差點佩服得想跪他，我知道自己找對了人，毫無疑問，梁日照是個愛情專家。我像找到了救生圈，清清楚楚地將事情向他講述一遍。

然後，我緊張地問他：「我該放棄嗎？還是繼續才好？」

「那不是最重要的問題。」梁日照說：「問題是你何時可正式脫離這種逃避的生活。就算你放棄或繼續，也是在逃避著另一方。」

「我該怎麼辦？」

「親自完結它。」

「完結它？」

「是的。」他說：「結束它，你才可以置身事外。」

「我不明白。」

「先想想，在整件事情上，你的身分是什麼？」梁日照瞇一瞇雙眼。「認清那個身分，然後解除那個身分，整件事情便與你無關了。」

「我還是不明白。」我歎口氣。

「你會明白的。」他說：「將來某個時間，你自然會明白我的話。」

「希望會吧。」我又忍不住問：「假如——我是說假如——假如我有心將賈賀教好，我是否絕無辦法？」

「你的主觀認識已把賈賀歸於壞的那一方。」梁日照搖搖頭，「你見過她多少次？你認識她多深？她給你的第一印象不好，你就放棄一切認識她的機會，她也永遠失去平反的機會了。你到底有沒有看清楚你的對手？」

「其實沒有。」我有些慚愧，撫撫臉龐。「我只不過對那玻璃瓶在我身上爆破的場面有太大陰影。」

「但那不是賈賀做的，對不對？」梁日照燃起一根菸。

我點了點頭。

「嘗試去看看白天的賈賀吧。」他噴出一口白煙：「有很多人，白天和黑夜是兩個人。況且，黑夜總令人加倍炫耀和保護自己，我不相信她們三人在學校裡敢將頭髮染成紅、白、藍色！」

我只覺茅塞頓開，連連點頭。

梁日照遙望著維多利亞海港，他說：「我在自己的作品中寫了一句自己很有感觸的話：『對自己的親人和疼愛自己的人盡量好一點，對自己不欣賞的人和事，不妨施以重擊。忍耐是人生前二十年應有的態度，其後儘管狂妄放肆，在所不辭。』我今年二十歲了，你呢？」

「我也是。」我說。

「那麼，你應該做自己該做的事情了。」

「那是什麼？」

「忠於自己感覺的事情。」梁日照說：「總有些事情，在生命中是避不開的，是上天對你的一個考驗，你必須面對。」

「例如賈賀那件事。」我有點明白了。「那是因果關係。因是賈慧，果是賈賀。」

「十五年前已註定你今天要面對。」梁日照看我一眼。

「我以爲自己再見賈賀時，她會是個活潑可愛的女孩。」

「但賈賀還是賈賀，對不對？」

我呆呆點頭。

「假如，十五年前，你對賈慧只能愛莫能助。」梁日照對我一字一字的說：「十五年後，面對賈賀，你無法再說出同樣的話來了。」

我怔住一刻，突然心酸了。梁日照將我的心事一語道破了。

那天下午，我按照賈太太給我的資料，走到賈賀就讀的學校地區徘徊，我也想看看賈賀穿著校服的樣子。

來到學校門口，學生還沒有下課。我看看錶，才三時而已，但學校門口已擠得水洩不通，浩浩蕩蕩站滿了菲傭和接孫女放學的婆婆，路旁更臨時舉行了一個露天的街頭車展，裡面坐著的都是在講電話的女強人或太太級媽咪。

我拉起灰色風衣的衣領，站在人群當中。比較起周圍穿得花花綠綠的菲傭，我顯得有點寒酸，但聽著她們口沫橫飛地說著家鄉話，還笑得前仆後仰，大力拍對方的背脊，我感到一分莫名的安全感。因爲我相信，賈賀她們不可能從這班活潑的菲傭當中，察覺到一棵像樹木的我。

看到這所女校學生的排場，就聯想到她們的家庭背景大都和賈賀的相差無幾——父母有名有利，有權或有地位。站在學校門外來看，她們每一個應該都是有教養的淑女，最差勁的也不可能像賈賀那三位義結金蘭。可是站進去看，是否實際上有很多如賈賀般的人，我就不敢肯定了。

想起賈賀就令我直打寒噤。

學校放學的鐘聲在十五分鐘之後響起。那看門的伯伯才把大閘拉開，大群身高不到我腰際，背著卡通人物書包的小學女生便跑出，以一百米短跑的速度，衝向停在不遠處的冷氣校車。我看著她們的背影，只見一大堆巨型書包左右搖擺。身旁的菲傭親切接過小女主人遞過來的書包，那些不足十歲的女孩，立刻用流利的英語跟她們談笑，蹦蹦跳跳離開。

我才驚覺自己老了，但如果我見到的賈賀是這樣的一個女性，我該感到很安慰的。

這時，突然遠處有人嚷：「Phyllis！」

我一怔，手忙脚亂的要找地方躲，我認得那是雪曼的聲音，想到這下子額角又要掛彩了。我急急張望賈賀處身之處，避免逃錯了方向，卻無從看到那紅、白、藍三色的頭髮！

我定一定神，閃躲地窺看學校大閘內的環境，看見三個女生正與一個身穿花裙的年輕女老師並肩走著。我不以爲然，將目光轉向別處搜索，奇怪她們三人何以仍未衝上前打我一頓，然後我驀然呆住了，手脚像石頭一樣不聽使喚，只有眼睛如看恐怖片時不看還要看的轉回剛才的方向，不能置信地瞪著賈賀三人！

她們正與老師談笑同行！

就是剛才的三個女生！

我完全忘了逃走，站在學校的大柱後動彈不得。一邊反覆考慮我是不是看到三人的孿生姊妹而已，因爲雖然她們相貌恍若賈賀、藍雁和雪曼，但她們的頭髮都是黑漆漆的，更在陽光的照射下，映出一圈金輪。

梁日照說中了！

我眼前的賈賀，架著金絲眼鏡，頭髮束成辮子，油亮亮的掛在頸後，手捧著書，跟老師輕鬆地談笑，眼神中全然沒有晚上的那分暴戾。如果我第一次見她就是如此模樣，我會喜歡她的，她就像長大的賈慧！

她的校服裙雪白而服貼，給人的感覺是被家人照顧得好好的女孩，有誰會想到，她晚上都在文化中心的石柱後度過？

雪曼興高采烈地挽著年輕老師的手臂，滔滔不絕地在說話，不時大動作地跳著跑著。而藍雁雖然把長髮束成馬尾，但單眼皮的雙眼仍是透著一股冷漠，靜靜跟在旁邊，並不多言。

錯不了。

我張大口，如看見外星人一樣。再也弄不清那個才是她們眞正的面目？是現在的清秀女孩，還是晚上陰險的女子？

她們三人向老師道別，背著我離開。那老師與我迎面碰上，她在我身邊擦身而過，在空中留下淡淡香味。我深深吸了一口氣，醒了過來，邁步跟在賈賀三人身後。

我是想再見賈賀，還是再見賈慧？我不知道。眼前的三人是這樣乖巧清純，如果她們真是無可救藥，有著黑色的心，流著黑色血的話，她們是不可能扮得如此神似的。

我與她們保持著一段安全的距離，但想到我可以看到她們的同時，她們一轉頭，不也一樣可以看到我？我放心不下，經過一間雜貨店，隨手抓起一副太陽眼鏡，塞二十元給老闆娘，轉身要走，卻被老闆娘叫住：

「喂，這副要五十元的！」

我看手執的那副圓型鏡片的太陽鏡，嘩然道：「這副眼鏡值五十元？」

老闆娘從架上取下另一副太陽眼鏡，說：「二十元就是買到這一副。」

我探頭出雜貨店，見賈賀三人愈走愈遠，便不與老闆娘討價還價，取過那價值二十元的太陽眼鏡，戴上它追上她們。身旁經過的小女孩好奇地看著我，我不自然地取下又再戴上那副米老鼠膠框太陽眼鏡，躊躇著我是否又做錯了選擇。

離遠看賈賀，我不知道我現在跟蹤著她是希望做些什麼。我不是義工，沒受過輔導離家少女的訓練，隨時會碰一鼻子灰。

或許，如梁日照所說，我應該認清我的對手，而跟蹤她也算是認清她的方法之一吧？

她那介於世故和純眞之間的神情，使我突然爲她想起種種藉口，去解釋她的行爲。討厭自己名字的人，不會喜歡自己，賈賀不過比賈慧主動去改變自己。無法約束自己就叫墮落嗎？

賈賀一路上並沒有發現我。她們三人走到一個酒店商場，從一個投幣租用的儲物櫃內拿出一袋袋衣服。

這些櫃我也租用過，三十元租金一天，投幣之後，電腦會顯示一串密碼，租用者能用密碼打開櫃門。

她們走進酒店的洗手間，我知道是變身時間了，我走進不遠的一間小商店裡，隔著玻璃望著洗手間的門口，在半小時之後，三個頭髮成紅、白、藍色，打扮新潮的少女踏步出來。賈賀的眼鏡不見了，換成紅紫色的眼影，如果我是她們的老師同學，相信在街上碰面，也絕對不會認出她們。此刻我終於相信，人不必患精神分裂也可以是雙面人。

賈賀、藍雁和雪曼三人，把校服拿到酒店附近的洗衣店，然後便叼著菸到快餐店，從書包中取出書本做起功課來，一邊狠狠抽菸。

我站在快餐店高一層的平台，從上俯視她的一舉一動，感到不可置信。這就是她們維持每天校服雪白服貼、交足功課，好讓老師不懷疑她們的方法！

如果她們穿回校服，捻熄香菸，便像是十足的乖學生。原來，壞得最聰明的境界，就是要令別人完全不會對你的品學兼優發出懷疑，就如外表老實的人，永遠是最後才被人懷疑的殺人疑犯。而在學校又有什麼比風平浪靜更爲重要？

她們埋頭完成功課，抽掉了兩包薄荷香菸後，站起身離開，我才留意到她們眼中的溫柔已蕩然無存。

走出快餐店，天色已暗。她們往尖東的方向走，我想已經沒有必要再跟下去了。

我走進便利商店，買了一杯大杯思樂冰，深深吸了兩口，腦袋頃刻有陣冰凍的感覺，可是仍不能淋熄我腦裡突然而來的狂想——把賈賀帶回家。

我考慮了很久，直到我把整杯思樂冰喝完，還是無法改變那個主意。我可以預料別人會怪我多事，但我的多事並非爲了炫耀我的心地好，只是一心不想見賈慧的妹妹有機會好好活，卻誤選了痛苦的方法。

我的生命中本來就存在賈慧，既然三分一的我正在爲她而生存，那麼，我該負起她身爲賈賀姊姊的責任。

我這樣告訴自己。

第四章　孤立無援的逃避

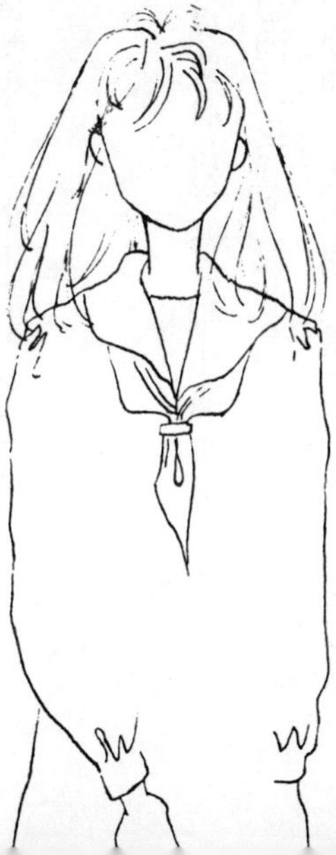

她的聲音溫柔，並沒有盤問我的語氣，我更加慚愧，但仍堅持那白色的謊言——中學時的老師教過，white lie 出自善意而不致傷害到別人，我安慰自己：你是情有可原的。

我看見額角上的傷口結了疤之後，便繼續上班。也趕緊致電紀文，想約她出來見見面。

如此急切的一大半原因，是由於我內疚，自己向她隱瞞了被一個少女用玻璃瓶替我洗頭的眞相。雖然說出發點是不想讓她太擔心，但我從來不向紀文隱瞞什麼的，所以我竟感到自己如說了謊話的孩子般，在深夜特別恐慌，像是怕給傳說中的專吃小孩子的老婆婆捉去。

我只想對紀文作出補償。想與她吃一頓豐富的，或者給她買一份小禮物，隱晦地釋放自己的悔意。

我從員工休息室打電話到紀文公司，接線小姐說紀文正在開會。我一個小時後再電，紀文仍在開會。我很失望地放下電話，義氣女同事正在偷懶抽菸，她見我一副頹喪模樣，對我說：「失戀？」

「我想是的。」

「第三者是誰？」義氣女同事再一次顯露義氣，「你喜歡收藏他的左手，抑或右手？」

「這個第三者是沒有手的。」我苦笑。

「那麼他的性能力一定相當有爆炸力。」

「這個第三者也是性無能的。」

「那麼，你憑什麼會輸給他？」義氣女同事百思不得其解。

「全因為第三者的名字叫事業。」

「原來如此。」義氣女同事聳聳肩，繼續狂啜她的YSL。

我在晚上六時左右再嘗試打電話，終於找到紀文，我興奮地說：

「我今晚請妳去星球餐廳吃巨型美國漢堡！」

「薪火，我今晚又要加班。」

「也要填飽肚子才繼續工作吧？」

「我已經叫了便當。」紀文很抱歉：「對不起。」

「沒有關係。」我故作大方。「別忘記要爭取休息時間。」我只擔心她會捱壞了。同樣爲了掙幾千元的月薪，我工作極度悠閒，她卻極度賣力，我已經不知自己該覺得幸運，還是慚愧了。

「你感冒初癒，也要小心身體。」紀文一笑，重重的鼻息從電話筒傳過來，透露了她的疲倦。我識趣地先說了「拜拜」。

再見面，已是兩天以後的事情。我先到達約會地點，在星光行旁人山人海的麥記，找到一個躲藏在角落裡的座位，方便我和紀文閒談而不受騷擾。

紀文帶了一個用來裝畫稿的皮袋赴約，甫坐下來，便興高采烈地拿出新編繪的分鏡圖給我看看，逐一解釋裡面精采之處。不能否認，廣告的內容是相當吸引人的，我也細心聆聽，目的是讓她快快說完，我們就可談一些工作之外的事情了。

紀文說到一半，突然留意到我額角上的膠布，她馬上放下稿件，關心地問我：

「如何弄傷的？」

我下意識摸著額角，把頭側了一側，想要掩飾其他初癒的小傷痕，然後熟稔地背出早早準備好的答案：

「我半夜起床想去喝一杯水，摸黑走出客廳，卻不小心給椅子絆倒了，撞到桌角。」

我隻字不提賈賀。

紀文伸手摸摸我額角，仔細研究那傷痕，痛責我的粗心大意。

我見她沒有懷疑，心裡透出一口氣。

我捉住她撫著我額角的和暖小手。

「我的小事而已，妳才叫我擔心。幾天不見，妳消瘦很多。」

紀文指指畫稿和文件，吐一吐舌頭，做一個吊頸狀。

「完成這 project，我就可以認真休息一下了。到時還可能有數萬元的分紅，我們就可以趁假期到外面好好度假。」

我喝完自己那杯可樂，拿起紀文那杯就喝。

紀文卻緊張地拂開我的手。

「別弄濕了文件。我剛打好，還沒有影印副本。」

「對不起！」我連忙拿餐紙巾抹掉汽水杯上的水點，然後還是有點不放心，再拿另一張包著整個杯。紀文卻比我更小心，把文件和畫稿收起了，才肯接過漢堡和汽水。

我明知勸她不來，瘦上五磅便可以賺上數萬元，賺到的錢已足夠再把自己餵得胖胖的了。我忽然發覺，我的七千元月薪和她的七千元是不同的。她的是底薪，而我的卻是全薪。她更有一項吸引人的獎勵，那就是「機會」。

離開麥記，走到街上，紀文好自然又往尖東海畔的方向走去，我想起我倆有可能會在尖東海畔任何一個角落撞見賈賀，連忙捉住紀文的手，笑著說：

「去看一場新上映的電影好嗎？就當給妳休息一下。由我請客。」

紀文不明就裡，自然也無異議：

「也好，或許可以給我一點新靈感。」

謝天謝地！在尖東海畔再遇上賈賀，可不是好玩的。她一定會趁機在紀文面前奚落我一番。給紀文知道那天發生的事情，是我最不願見到的醜事。

我購買了戲票，和紀文進場。戲院的燈光還未熄滅，我見到前排坐著三個女子，頭髮分別是紅、白、藍色，我幾乎馬上肯定是賈賀她們。我後悔不已，該想到尖沙咀來來去去就只那幾間戲院，上演新戲的更只此一間，要遇上她們又有何困難呢？

我想轉身走，可是紀文已把戲票交給帶位員，向賈賀身後數行的座位走去。我現在拉著她反而會引起賈賀她們的注視，所以只有逃到座位裡，希望賈賀不要發現我。

我看看錶，還有五分鐘戲才開演，只要戲院的燈光一暗下來，我便安全了。

「影評說這部戲是奧斯卡的大熱門哩。」紀文熱心地說。

我壓低聲音附和著，「嗯。」

「那男主角前兩年演的那部戲我們也看過，後來有同事在一個企劃裡用了其中一段情節，就是在不會下雪的地方突然下雪的那一幕，簡直一模一樣。創作主任還說他有創意呢，我聽到差點忍不住笑。」

「嗯。」

賈賀和其他兩個女孩子這時突然站了起來，我心暗叫不妙，但已無處可逃，情急之下，霍地彎下腰佯裝掉了東西，一把沈沈的聲音卻同時在身邊響起：「先生，借過。」

我抬頭，看到兩個體重加起來超過兩百公斤的肥花（即癡肥的姊妹花），要跨過我們，去我和紀文身旁的座位。

紀文見我們即使把雙腳放在一邊，兩人也不能穿過前後兩行椅子中間的空位，便拍拍我的肩，示意我們站起身，走到走廊上讓二人先進座位。

我看到周圍不少空置的椅子，暗責那對姊妹花不識時務，戲院那麼少觀眾，隨便找個座位坐下都可以。但紀文推一推我，頭輕昂一下，催促我站起來。我歎口氣，站起來的同時，與賈賀數人的目光碰個正著。戲院的燈光在這一刻暗下來，使我看不到她們的表情，但三人並沒有停下腳步，往女洗手間的方向走。我心裡奇怪，也不願再追究下去。

戲開始後，我一直不見賈賀她們回到自己的座位，不禁擔心起來。她們是不會輕易罷休的人，我不相信她們會放過我。

鼻孔裡的一陣難受打斷了我的思路，身後的人在抽菸，煙霧全噴到我身上。我盡力按捺著，但喉嚨和鼻子裡像被人大力地用手抓了一下，還是忍不住低聲咳了一聲。

紀文轉頭向賈賀三人怒目而視，「你們要做看電影以外的事情，爲什麼不到戲院範圍外進行？」

賈賀似乎早已備戰，不用想即立刻回應：

「你們要看電影，爲甚麼不租錄影帶回家看？」

紀文聞言，怒不可遏，咬一咬嘴唇說：

「現在不是我不准你們抽菸，但假若你們識字的話，該聽到剛才的告示，戲院場內是嚴禁吸菸的！」

賈賀笑著應戰：「我個人比較熟悉法文，我剛才沒聽到ne fumez pas au cinema。」

賈賀明顯佔盡上風，紀文又豈及她潑辣呢。我拉一拉紀文衣角，想與她離開。

賈賀沒有放過我，得寸進尺地嘲諷：

「小姐，你是否正爲一個無能的男朋友出頭？」

我臉上熱辣辣的，斜眼盯向賈賀，她正叼著兩支香菸，深深一吸，將白煙向我臉上直噴過來。

紀文被賈賀惹得火極了，她用力甩開我的手，跟賈賀駁到底：

「妳說話最好小心一點。妳騷擾的不只我們，還騷擾到全戲院的觀眾！」

紀文和賈賀的對罵驚動到帶位人員，他們開手電筒射向我們這一邊，想要找出吵架的人。戲院內的觀眾也給弄得不耐煩了，坐在前排位置的人開始發出不滿的噓聲，賈賀聽到，馬上拍座而起，大聲質問：

「是誰在無病呻吟？」

此言一出，觀眾們也對賈賀看不過眼了，突然人聲沸騰，齊聲發出噓聲，有些更夾雜粗話，一挫她的銳氣。這時候，帶位人員的電筒正打在賈賀身上，她更頓時成了眾人的焦點，我可以清楚地見到她的臉色驟變得蒼白。

「小姐——」帶位人員開口了。

「你閉嘴！」賈賀指著帶位人員，大聲喝止他，然後對身邊的藍雁和雪曼說：「這部戲留給那些沒錢買LD的人看好了。」

說罷，她們氣沖沖離開戲院，臨走前不忘贈我一句：「痞子，尖東滿地碎石，小心絆死你！」

我透了一口涼氣，賈賀差點把那天的事情傾瀉說出來，幸好紀文沒有察覺她的意思，只搖頭：

「這些人已經無藥可救！」

我苦笑，知道紀文對賈賀非常反感，事實上我也有同感，只想遠離這個暴烈的女孩。我好言相勸：

「不要爲這些人如此動氣吧。」

紀文反而責怪我起來：

「但你也太懦弱了吧？那幾個女孩子在不准吸菸的地方抽菸，本來就是她們不對，還扯著喉嚨無理取鬧。我見你給弄得不舒服，才和她們力爭，你竟說我太衝動？」

我壓著聲音，不想驚動周圍的人，「我們換個座位就是了。」

紀文直問到我的臉上，「你沒有看見那紅髮女子嗎？她手中夾著兩支菸，每一口都衝著你吐霧，分明要玩弄我們，我們換了座位都避不開的。」

我閉上眼，有點賭氣地說：「算了算了，她們都已離開，我們不要再爭辯下去好嗎？」其實紀文沒有說錯，如果我們換了座位，賈賀還是會跟在後面的。但是惹怒了她們，以後我就必須絕跡尖東海畔，甚至工作也不安全。爲了日後的平安而抹煞一會兒的自尊，我覺得無所謂，可惜我無法向紀文解釋。

紀文依然氣難平，「有時退一步並不是海闊天空，別人會得寸進尺。」

我不作聲，眼睛盯牢銀幕。雖然我一幕也看不進腦子裡，但我想讓紀文冷靜下來，然後忘記賈賀這件事。紀文見我不說話，沈著臉看完了整齣戲。

散場的時候，我和紀文肩並肩離開，我不敢主動牽她的手，兩肩殭硬地將手垂直貼在身旁，小心翼翼地留意著她的表情。

「薪火。」紀文突然說。

「是。」

「你的額角是撞到桌角弄傷的？」她問我這個問題時，眼睛卻直視前方，我的心怦然跳動，遲疑半秒：「是啊。」

紀文的眼睛一垂，她說：「想一想，剛才那女子的說話很奇怪，好像她是認識你的。你和別人交惡了？」

她的聲音溫柔，並沒有盤問我的語氣。我更加慚愧，但仍堅持那白色的謊言——中學時的老師教過，white lie 出自善意而不致傷害別人，我安慰自己：你是情有可原的。

「那種女子和任何人都交了惡，唯恐天下不亂似的，她們不過在胡亂洩憤。」

「嗯。」紀文淡然回應，跟著人潮慢慢的踱步，我驀然發覺她又在朝尖東海畔走。

我伸手捉住她的手臂，紀文轉身立即說：「難道你這輩子再也不到尖東海畔？」

我看到她眼中失望的神情，她是在怪我懦弱嗎？我逃避賈賀是不願她給我們帶來麻煩，我一個男人，那藍雁也可以用酒瓶打破我的頭，對紀文一個女子，她們會做出什麼，我更不敢想像。我爲了紀文著想，但她的眼中卻透出那混亂的幽幽的失望，我忽然感到自己孤立無援。

我囁嚅：「遲一點，等事情淡了我們再去。」

紀文靜了一下，說：「如果她們與我倆之間只有這件事，我想是會很快淡的。」她抽一抽背袋，「我想回家了。」

「我們可以到別處逛逛。」我想補償。

紀文嘴角一下牽動，搖搖頭，說：「很累，不逛了。」

「我送妳回家。」

紀文站在原地，她疲倦一笑，說：「自從你認識我一個星期後，你就沒有再送過我回家。」

我的頭被重擊了一下。我是心虛了？紀文那饒有深意的表情，像已識穿了我的謊言，在迫使我招供。我把兩手揷進褲袋。

「那麼，我送妳到地鐵站。」

紀文還是搖了搖頭，我知道她在盛怒中。我在她身後說：「我回家會傳呼你。」

我目送紀文離開，心裡像被人砍走一塊，而那個握斧頭的人，正是賈賀！

我回到家中，馬上傳呼紀文，更留了家中電話給她，她卻一直沒有回覆。我想打電話到她家中，又覺得自己太愚蠢了。既然她有心不回覆，我還能怎樣？

我只有一同參與這一場冷戰吧！

第五章

送給你的一百枚金幣

賈賀全身震了一震，緩緩轉身望向我，我從未見過有人那麼憤怒的。她的臉色漲得紅黑，襯托一頭紅髮，就像一個可怕的魔女。

昨天晚上，我一夜沒有睡好，背負雙手攤在牀上，想了很多。我平時很少失眠，由於沒有什麼心事、沒有煩惱、也沒有什麼好想。但我失眠了，我想到自己和紀文的距離愈來愈遠，雖然她現在與我的生活水平相差不大，但她比我優異得多。三五年後，她可能會成為廣告界的女強人，名利雙收。我卻可能還停留在同一個生活質素裡，看似安好，卻等於退步了。到時候，我們不可能再走在一起。

我深愛紀文，我是承認的，但我憑什麼可以永遠擁有她呢？我問問自己，答不出來。

我很擔憂，直至天空濛濛發白，我才昏昏入睡。鬧鐘好像在一分鐘之後便響起來，我睜開眼，卻是九時多了，應該起牀上班了。我極想再睡，將鬧鐘調至十時正再響，希望再多睡一會。然後我像迷迷糊糊走進一條漆黑的長長的隧道，隧道末端有一點微光，我慢慢走過去。隧道的出口是一片翠綠的草地，我竟見到了樂文和賈慧，他倆坐在草地上向我招手，我開心地走到兩人面前。

樂文對我說：「薪火，我們又見面了。」賈慧則一直對我笑。

我見到兩人都健康起來了，兩人臉上和腹部也沒有腫脹，很清新乾淨的兩張臉孔，我從不知道自己還能見到兩人，我連忙在他們面前坐下。我叫兩人的名字：

「樂文……神奇女俠。」

「以後叫我賈慧好了。」賈慧溫柔地笑。

「我怕妳仍不喜歡自己名字。」我遲疑一刻。

「我怕別人因此不喜歡我。」賈慧說：「但我肯定你們兩人不會。」

「當然！」我和樂文異口同聲的說。

「薪火，你長大了！」賈慧驚歎地看我。

我看看他們，舊時的臉，舊時的印象。他們停止了長大，我不介意，我怎會介意，我對他們說：「我卻一直沒有忘記你們。」我微笑，「我永遠記得我們是患難之交。」

「薪火，你好嗎？」樂文關心地問。

「我不知道。」我變得迷惘，「我像經歷了很多事，又像什麼也沒有做過，很快很快便到了現在。」

「你是否沒有眞正投入生活裡？」賈慧問。

「我不知道。」我汗顏地搔搔頭皮，「我只希望無風無浪地過生活，那算不算投入？」

「當然不算。」樂文笑了，「你叫逃避生活。」

「是的。」我倒同意，「我只想快快退休，找一個地方隱居。」

「你不想有一番作爲嗎？」賈慧又問。

「我不知道。」我垂下頭輕輕拔起地上的一株青草。「我沒有什麼理想的。」

「但你不是答應過我們，要好好生活嗎？」樂文露出輕責的神情。

我衝口而出，「我知道，但我只是普通人啊！」說了臉就紅了。

「薪火，你不普通，甚且很特別。」賈慧說話了：「你是我們三個人中，惟一一個可以生活下去的。你記得我說過，要你代替我去完成我的經歷嗎？」

我突然把那句話記起來了，我用力地點了點頭。

「我相信你能做到。」賈慧笑了。樂文也向我讚許地點了點頭。

我正想跟他們解釋什麼，突然感到眼前一黑。我閉上眼，再睜開時，發現自己還是在自己的睡牀上。牀邊的鬧鐘正轟轟作響，時間是早上十時正。

呵！原來是一個夢。

我歎了一口氣，按停了鬧鈴，鑽出了被子。

搭乘地鐵回到「歡笑小天地」。我和相撲手同事更換制服的時候，我問他：「你有沒有投入生活裡？」

相撲手抽著萬寶路，呆呆地望著我，根本不明白我意思。他隔了半分鐘才對我說：「我只知道自己有投注在馬會裡！那算不算投入生活!?」

「當然不算。」我竟不自覺重覆了樂文的對白：「你這叫逃避生活。」我頓了一頓，又問：「你不想有一番作爲嗎？」

「當然有啦！我每逢賽馬和六合彩有金多寶獎，我必定會下三五百元重注！」相撲手相當認眞地問我：「那是一番作爲嗎？」

我翻白眼。「是的，是的。」

我在開始工作之前，終於又忍不住傳呼紀文一次，想留下一個口訊，向她說聲對不起，求她原諒我。

我知道自己很珍惜她，每次我倆吵嘴，無論大小事項，一定是我比她早說對不起，即使有時錯不在我。

我只害怕失去她。我不怕受一點點委屈。就像在工作上受一點氣，受一點吆喝，陪笑臉說句抱歉可以息事寧人，爲什麼我要介意輕易露出的一個表情、隨口綻出的兩個發音？

我傳呼紀文的秘書台。

「請問誰找紀文小姐？」

「請留：男朋友。」

「紀文小姐她今早因工作去了巴黎，她說回港後會盡快覆機，先生請問有什麼能夠幫助你？」

「她去了巴黎？」我以爲自己聽錯了，「法國的巴黎？」

「沒錯。」秘書小姐的態度相當和善有禮。

我很徬徨，我連忙詢問：

「紀文有留下任何口訊給傳呼她的人嗎？」

「只是剛才那一段口訊。」

「有沒有另外的口訊？」我抱一絲希望：「——給男朋友的？」

秘書小姐那一頭在查核著電腦資料，我則在這邊焦急著。她過幾秒後說：「沒有。」

「給一個名叫『薪火』的呢？」

「很抱歉。」

「謝謝。」我放下電話，很失望。

紀文這是什麼意思呢？我倆昨晚就算吵了一場，她就算發了脾氣，但她知道我的心是踏實的，向著她的，自然最在意她。她不是不可以發怒，但她不應該連離開香港也不跟我說一聲。

她已經推掉我不少約會，我倆見面不多，每次去電她公司，接線生總拒絕把電話接進會議室，我有沒有死纏爛打傳呼？我可以的，但我不想叫她爲難。

我處處爲紀文著想，她卻處處爲她的事業鋪路。我感到被忽視了、被犧牲了，心裡十分十分難過。

我抱著惡劣心情工作。不知怎地，當我想獨自發脾氣的時候，來的顧客卻特別多，當一對一對情侶歡樂地向彩虹池投擲金幣的時候，我感到他們是在笑著諷刺我。

天意似乎總愛弄人，尤其是對一個時運已經夠不濟的人。我在下午工作的時候，竟然見到三個我最怕見到的人。

賈賀、藍雁和雪曼進入我工作的「歡笑小天地」。

我以爲她們三人衝著我而來，其實不然，她們在換幣處買了幾個金代幣，到了「射水炮」那邊玩耍。我知道她們不會曉得我在這兒工作，我馬上閃閃縮縮到義氣女同事旁邊，背著賈賀她們說：「請代我一會兒班，直至紅、白、藍色頭髮那三位女子離開爲止。」

「放心。」她拍拍我，我躲進休息室。

大約十五分鐘後，義氣女同事伸頭進來，我才出去。她問我：「那三隻妖精眞正欠打，人見人惡。你何時開罪了她們？」

「我已盡量避開她們。」

「如果需要，我替你找人輪姦她們。」義氣女同事豪氣干雲地拍拍她三十五吋胸脯，「完全免費。」

我嚇一跳，「萬萬不能，萬萬不能！」

「我尊重你。」她又忍不住說：「又或者替她們打一支針——」

「謝謝妳，但眞的不需要了。」

義氣女同事看看我，「薪火你不是喜歡了她們其中一個吧？」

「不是不是。」我忙擺手。

「三個都喜歡？」

「不要再笑我了。」我的耳根開始發熱。

「我只是提醒你罷了。」義氣女同事說：「可以到處陪人睡覺的女人，便可以做出任何事。」

「妳知道她們陪人睡過？」

「我是提醒你不要跟她們睡。」

「哦，訊息收到！」

回到崗位，我以爲會相安無事了。可惜，三人不一會兒便折返了。

我聽見雪曼嬌憨說：「我要得那隻大笨狗娃娃才甘心離開。」她遠遠指著掛在彩虹池天花板的那隻大獎的公仔。

我正要閃縮，藍雁雙目已敏銳地射向我臉上。我心一寒，全身像凍結了，也知道自己無可逃避了。

賈賀與我打了一個照面，藍雁已將一張五百元紙幣交給她：「換金幣。」

「全部？」賈賀也一呆。

藍雁不再說話，只陰森地上下打量著我。

我似被獵人槍口瞄準的獵物，只懂這樣呆呆站著。沒有人教過我：如果遭遇這個情況，我該怎麼辦？我讀了十幾年中文英文數學歷史美術，都沒有教過我該怎麼辦！

我只懂呆呆站在那個彩虹池遊戲的範圍內，弄不清自己這一刻的身分，該是「歡笑小天地」的員工，還是一個普通人才好？

彷彿滿頭飛霜的雪曼卻走過來，跟我親切地說話：

「上次瓶子破裂事件，你有沒有受傷啊？」

我冷冷看著她，不說話。

「你借給我的漫畫很好看，我要不要還給你？」

我不說話。

「你女朋友很漂亮呢！」

我不說話。

賈賀手拿幾個裝滿歡笑金幣的透明小膠袋過來，她們三人各分了幾袋，藍雁對雪曼說：「我們要得大獎才走，開始吧。」

三人開始投擲金幣，擲了幾枚也沒有中獎，我盡量避開三人目光，安守本分地用長棒子將沒中獎的金幣掃進彩虹池的圍邊中，然後，有一枚擲中小獎，我才呆了半秒，藍雁已一句罵過來：「你老人癡呆症，還是下半肢殘廢？」

我不說話，木著臉，蹲下身從獎品箱內取出一個小小的熊娃娃，想交給三人，一站起身，一枚金幣已打中我眼角，接著，就有數不盡的金幣像雨點打在我臉上身上，我仍不吭聲，只舉起雙臂護著頭部。我感到眼角已被金幣打傷而流出了血水。

直到我聽到義氣女同事一聲怒吼，她們才停了手。我一睜開眼，竟見她手執一把長長的刀，正衝向三人，我連忙衝過去按著她握刀的手，看著她，壓低聲音說：

「這是我和她們之間的事。」

「但她們——」

「請相信我，我應付得來！」我全身劇痛，咬緊了牙關。

義氣女同事的手臂開始放鬆，我才放開她的手，她把刀片收回，我一步一步走回彩虹池中。

我看看賈賀，看看她前面尚有不少金幣，我用手擦去眼角的血水，我微笑著對她說：「請繼續吧。」

藍雁揚起握金幣的手，賈賀按住了她，對她說：「下一次再來玩。」藍雁臉色一變，她與賈賀之間僵持數秒，但最終還是聽從賈賀。

「不玩了？」我環視三人，「那麼，我總結結果了。」可笑的是，剛才金幣是擲向我的，卻有不少掉落彩虹池上，她們共中了八個小獎，五個中獎，卻沒有中大獎。我按照結果交十個娃娃給雪曼。

雪曼頓足，「能夠以全部交換一個大獎嗎？」

我不說話，只搖搖頭。

「你的眼角流血了！」雪曼想伸手觸摸我，我馬上縮開。

三人想離開，走到門口時，我從背後叫：

「賈賀！」

賈賀全身震了一震，緩緩轉身望向我，我從未見過有人那麼憤怒的，她的臉色漲得紅黑，襯托一頭紅髮，就像一個可怕的魔女一樣。

她像火焰般衝到我面前，結結實實給我一記重重的耳光。

「永遠不要把我討厭的事重做兩次！」

我馬上感到半邊臉痲痲辣辣的，我用舌尖舐臉龐內側，我溫和地對她說：「妳等我一會兒，不要離去，可不可以？」

賈賀強硬地冷笑了。「早就知道你不簡單，大家來比酷吧！我站在這裡等候你！」

「謝謝妳。」我平靜地走向員工休息室，掏出貯物櫃的鎖匙，從櫃中取出自己的錢包，掏出二百五十元，然後走到換幣處，將二百五十元換了整整一百枚金幣。

我雙手捧著那一百枚金幣，步回賈賀面前。「我答應過妳媽媽，如果妳來『歡笑小天地』，我會送妳一百個金幣的。」

賈賀完全呆住，她沒想到我會以德報怨吧。她呆一會，然後終於有一個微笑漾了開來。我從未見過她笑，她笑的時候，臉上的淚痣更深刻了，很得意的樣子，像聯繫了十五年前她的那張天眞的臉孔。我也跟著寬心地笑起來，以爲我倆言和了。突然手下一痛，我雙手滿滿捧著金幣，給賈賀撞飛了起來。一時間，漫天飛舞的金幣中，我看見賈賀的面色完全改變了，她一字一字說：「痞子，省省你的精力吧！」金幣撒了個滿地，她們三人離開了。

我的心收緊，笑容消失了，痛心地閉上雙目。

第六章　辭職吧

不要再以割手數日子了。由這一天開始。答應我嗎？

在賈賀闖入「歡笑小天地」後十分鐘，經理召我入房間內，他板著面孔對我說：「剛才製造混亂的三名女子，你認識的吧？」

我點了點頭。

「她們把你打得很慘。」他看看我貼了膠布的眼角。「薪火，你應該知道，你不可以把私人恩怨帶到工作地方。」

「我知道。」我也知道她接下來要說的話。

「這裡主要是給小朋友玩耍的遊樂場，如果有人知道這裡發生尋仇事件，甚至流血事件，經那些《眞周刊》之類的雜誌一渲染報導，我們公司便再無立足之地。」

「經理，我要求馬上辭職。」我居然很平靜地說：「就當作是我爲了小朋友的安全，爲了公司名譽。」

「我批准你的辭職。」經理沒一刻考慮，他並說：「工作不難找，『歡笑宇宙』

正招聘新員工。」

「謝謝經理。」我垂下眼。

我回到員工休息室收拾貯物櫃內的物件，突然滿懷感觸，這份工作我幹了兩年，我得到了什麼？我在這裡算是老功臣了，那個學歷比我高的經理只來了兩個月，卻有權決定我的生死去留！

我發覺自己原來一無所有。

我執拾完畢，準備離開時，義氣女同事進來了。她背靠著門，看著我。

「我跟你同進退。」

「不要這樣。」我苦笑說：「我連自己也照顧不了，妳還增加我負擔？」

「我去跟經理理論。」

「不必了。」我說：「與他毫無交情，況且發生了這些事情，一定要有一個人出來揹黑鍋的。」

「你有做錯事嗎？」義氣女同事很暴躁。「你甚至沒有還手！」

「所以我才可以很驕傲地從『歡笑小天地』大門離開。」

「我們共事兩年了。」

「讓我出去闖闖吧。」我按著自己胸口，「外面的世界很大，我不相信沒有一個可以讓我容身的角落。」

義氣女同事沉默一刻，我拍拍自己身旁的椅子，她坐了下來，問我：「你這樣走，走得甘心嗎？」

「我也以爲我會很不甘心。」我低下頭，看著地上，「現在我卻覺得感覺很好，我對自己說：也好！工作兩年，除了霸佔一格貯物櫃以外，起碼還贏得一個眞正關心我的好朋友吧。」我用手肘撞撞身邊的她。

義氣女同事雙眼有點潤濕了。

我從自己錢包中取出一張年曆卡，遞給了她。

她從我手上接過，不明所以地凝視著我。

我對她說：「不要再以割手數日子了。」我指指年曆上今天的日子，「由這一天開始。答應我嗎？」

「好。」她點點頭。

「我要走了。」我站起身來。

「薪火，小心提防她們三人。」

「我不再理會了。」我坦白說：「曾經我以爲自己可以以一個人的力量感動她們，後來我發覺我太天眞了。眞的有人像過了期的罐頭一樣，只會一天比一天腐爛，根本無藥可救，惟一的方法就是放棄了，任由她們繼續腐爛。」我疲倦地拍拍自己肩頭。

「你說得對。」她說：「但我怕，你不惹麻煩，麻煩也可能繼續找上你的。」

「我不明白。」

「剛才她們用金幣擲向你時，那位白髮魔女並沒有一同行事。」

「她喜歡我吧？」雪曼的確說過自己喜歡我，我只能一笑置之，當作笑話。

「就是由於她喜歡你，你才會繼續有麻煩。」

「為什麼？」

「女孩子打起架來比男孩子狠，是因為她們夠團結，一窩蜂地打到你還不了手，你一言我一語之間就會很衝動地決定一件事。可是只要有一個人不跟隊，就會引起內鬨。那白髮魔女不動手用代幣擲你，三人若因此吵架，你就成罪魁禍首。」

「沒有那麼嚴重吧？」我覺得匪夷所思。

「還有一身穿藍色衣服那個。」義氣女同事說：「我懷疑她是喜歡女人的。」

「妳從哪兒看出來？」我覺得很奇怪。

「在她手臂上，她用刀片刮上了一個女子的英文名。」義氣女同事想了一想：

「名字是 Phyllis。」

我嚇了一跳，然後馬上領悟一切：藍雁看著我的那種極度仇恨的眼神，我第一次自稱賈賀男朋友騷擾賈賀時，她對我當頭「瓶」喝……還有，她可以狠毒得用五百元金幣擲死我爲止，一切似乎明顯不過——藍雁喜歡賈賀。

義氣女同事說：「她手臂上的刀痕刻得相當深，即使以後完全結痂後仍會留下痕跡，由此可見，她喜歡Phyllis。也因此，因愛成恨，她會是對付情敵不擇手段的那一種女人！」

「我會小心！」我摸摸自己眼角，又摸摸額頭。

「有事找我。」

「我只是不太贊成以暴制暴。」

「我們也可以坐下來講理的。」義氣女同事說：「我們有幾位兄弟兼職做保險推銷員，可以用口水浸死她們！」

我苦笑。

我離開時，和煦地向每一個同事說再見，然後頭也不回，大步踏出「歡笑小天地」門口。

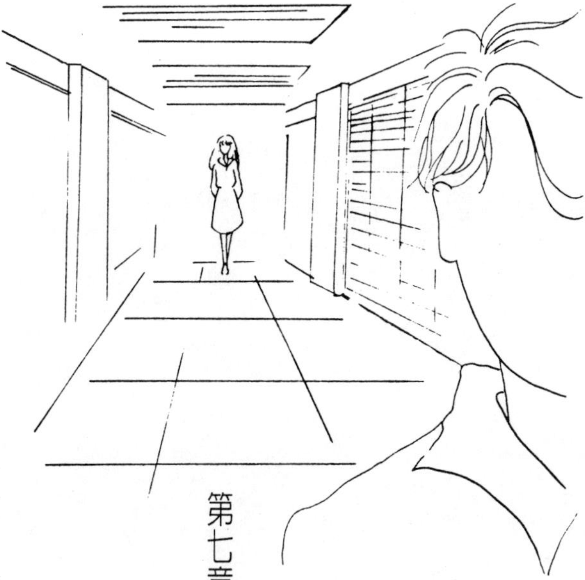

第七章　真正相識

我幾次叫自己不要多管閒事，叫自己放棄，但耳邊總有賈慧的聲音響起來，希望我多管一次。就算是爲了她，因爲我倆已分割不開，她的意願已等同我的意願了。

失業當天的晚上，我自己一個人到了尖沙咀的酒吧區，叫了一杯啤酒，坐了一整個晚上。

平日的我，根本就不會來到這些地方，我既不會喝酒，也不愛聞別人的二手煙味，但是，今晚我只想放縱一下自己，讓自己忘記自己原本是很難過的。我不知道紀文現在怎樣了，我也不想再想下去。我又強逼自己呷了幾口酒。我「孵」了這麼一晚，啤酒還是滿至杯口，並且由冰涼變成了溫熱。

有個女人坐到我身邊來，一看便知不是正派女子，一副風塵樣，樣貌倒是很不錯的。我只斜著眼偷偷望她兩秒，又繼續垂頭啜我的啤酒了。

那女人叫了一杯血腥瑪利，它令我聯想到一杯子的鮮血，我呆呆看著那杯血紅的液體時，她向我勾搭了：

「一個人？」

「這是我的朋友。」我晃晃手上的酒杯。

「遇到不開心的事？」

「我剛辭退了經理。」

「他一定很傷心。」女人笑笑。

「妳一個人？」我隨口問她。

「在找朋友。」

「找到了嗎？」

「剛找到了。」

「你朋友是什麼樣子的？」

「很年輕的一個男人，有點憂愁，但憂愁得很乾淨，沒有發霉。」女人看著我說。

「他可富有？」

「我不在乎。」

「他可能是情場浪子。」我說完，自己先失笑了。
「也要看看對手再談。」
就在這時候，有個全身散發強烈古龍水味的男人挿身在我和女人座位之間，對女人說：
「昨晚妳讓我很舒服。」
「先生，你認錯人。」女人眉毛也沒有動過。
「今晚我可爲妳做什麼？」男人壓低了聲音。
「各自找朋友。」
男人笑著聳聳肩，閒閒走了開。
「他認識妳？」我覺得那男人非常令人厭惡。
「這裡是九龍的蘭桂坊啊。」她滿不在乎地笑。
呵，我明白了。

「我喜歡你，我們一起走吧。」女人向我提出。

「有何不可？」我扮作老手，跟女人站起來，準備離開。

酒吧燈光很暗，我瞧不淸楚女人的一切，我跟她走，有種跟我母親同行的感覺。我在她耳邊說：「我想去一下洗手間。」

「我在門口等你。」女人根本不急。

我步進洗手間，扭開水龍頭，心開始怦怦亂跳。我掬冷水洗了一個臉，看看鏡子中的自己，似乎不像自己了。我問問自己，薪火，你是否這樣的一個人？你會不會內疚，對於紀文？對於操守？對於忠實？

我回答不了自己。

推門出去，左邊是酒吧門口，右邊是後巷的逃生門。在慾望中的我會轉向左方，而現實中的我自然轉向了右邊。

打開逃生門的時候，我看著木門上「逃生門」這三個字，竟感到有點諷刺，有一個折回去的念頭閃過腦海。其實我不該想得太認眞，女方也不見得會很認眞。沒有了我，今晚她依然會在另一個男人懷中取得歡樂，對於這些毫不奢侈的施與受，我爲何要小事化大？想來無益。每個男人都是色狼，坦白點又有何關係呢？

最後，我做了一件可能是世界上最奇特的事情，由一頭色狼變回了人類，而且是完全正常的人類。

當我突破了男人的宿命論，我變得很驕傲，走進陰暗的橫巷，我一點害怕也沒有。

就在我步出橫巷的時候，我見到巷內有一位少女的影子，雙手按著牆大吐特吐。橫巷黑暗，我看不淸楚她臉。我走過她身後，見她嘔得辛苦，便伸手進衣袋裡，取出紙巾，想回頭遞一張給她時，從巷外透入的光線，我竟見到賈賀的一張臉！我的心跳了一跳，想不到會在這裡與她巧遇的，我將手縮回衣袋裡，馬上轉頭，直行過去。

我知道我對她已不抱任何希望。

我的情緒平靜下來，走出橫巷，欲乘搭地鐵回家。我在途中一間唱片店轉了一圈，試聽了一張新CD內的一首歌曲，走出唱片店後，在門口停頓了數秒，最後還是從剛才走過的路回去了。經過一家店，買了一瓶水。折回暗淡無光的橫巷，賈賀仍在，她似乎沒有嘔吐得那麼厲害了。她蹲在陰溝旁，手掩著胃部，我知道她因嘔吐過劇而抽筋了，我靜靜走過去，遞給她一張紙巾。

賈賀抬起頭，看到是我，她的表情呆了很久，然後就喘著氣，有點浪蕩地說：

「痞子，你跟踪我多久了？」

「痞子也是來買醉的。」我苦笑了。

「你是想報仇吧？」賈賀冷冷笑，「現在是很好的機會。」

我搖搖頭，「我絕不乘人之危。」我蹲下身，將整包紙巾和水放到她身旁，然後我站起來，慢步離開。我瞥見她的附近有一個透明的塑膠背包，卻被一大堆穢物沾污了。我轉頭問她：「是妳的？」賈賀倔強不作聲，我將背包從地上提起來。

賈賀馬上叱喝：「痞子，你想搶我的東西？」

我沒有說話，走到橫巷裡的一個水龍頭前，扭開了水喉，小心地清洗背包的污穢，我見到背包裡面有幾支唇膏、眉筆，還有兩個保險套。我靜靜地清潔乾淨，用紙巾抹乾，將背包送到賈賀面前。

「我不會感激你的。」

「我知道。」我說：「我也對妳不存寄望了。」

我走了出橫巷，感到自己對她已盡了全力，正想安心離開，只聽見身後傳來一陣對話：

「咦，橫巷內有個小妹妹！」

「她似乎醉了。」

「想不到我們四個人飛來豔福！。」

「我們四對一，恐怕會弄傷小妹妹。」

「可能小妹妹是大淫婦呢？」

我回頭望，四個形容猥瑣的男人正經過橫巷前，停了脚步，探頭進內，顯然賈賀已逃不過了。

在我心情矛盾間，那四個各執水壺手提電話（我經常覺得那是武器）的男人，正有恃無恐地走進巷內。

我停頓了的雙脚，想再邁步離開，心裡面卻彷彿被巨浪一直撲擊著。我想停止心裡那種不安，但不安的感覺完全將我淹沒。

我無可奈何地嘆口氣，假裝路過巷口，一探巷內，見到賈賀已被四人包圍住了。我想召警察來，但整條街道上根本沒有半個巡邏的警員，想打報警熱線，卻知道警察們可能在出事後五分鐘才趕到，時間來不及了。那時候，也許賈賀已做完四人的慰安婦，一切都太遲了。

我呆立著六神無主，乍見隔鄰店門前擺放著一個仿照眞人大小的警察紙牌，作用就像田裡的稻草人，警告市民切勿以身試法。我趁著店老闆專心看著報，偷偷搬動了警告盜竊者的警察紙人，急急衝進剛才酒吧內，將紙人擺好對正直通橫巷的後門前，然後我用力推開鐵閘，馬上躲在門後，用盡全身力氣大喝一聲：「警察，別動！」

紙人正對著橫巷，在光線陰暗不足的情況下，驟看大概也像一個站著的眞警察——起碼那是我希望瞞天過海的方法。

四個男人顯然被嚇呆了，一個帶頭逃走，其餘三人也慌忙拔腿狂奔。

我等四人一轉身，馬上衝出巷，拉起賈賀的手，想帶她離開，她卻死釘在地，甩脫我的手，「痞子，你想怎樣？」

「妳又想怎樣？」我拉她不動，感到全身發燙。「我帶妳走呀！」

「你沒見到我在交朋友？」

我一時間只覺無言以對。我凝視著她，她毫不退避地回盯我，她眼神中只有憤怒和冷傲，獨獨沒有感情。我發覺自己原來完全不認識眼前這個人，除了她的身分是賈慧的妹妹外，她有哪一分與賈慧相似過？賈慧溫柔憂愁的特質又何曾在賈賀身上流露過？我卻爲了這個莫名其妙的女子而以身犯險，甚至被她打過、掌摑過、用粗言罵過，我欠了她什麼？

四個男人中，有一個走出巷外後，發覺背後毫無動靜，回頭一望，見到我和賈賀就這樣站著，紙板警察也這樣站著，他馬上叫三人停步了。

我再問賈賀一遍：「走，或留？」

四個男人開始走回巷內，準備尋仇了。

「留！」

我聽到一個簡簡單單的字，雙眼竟不爭氣地發熱濕潤起來。我緊咬住唇，忽然聽見自己生平第一次用如此厭惡的口氣吐出如此坦白的話：「死去的不該是妳姐姐！」語畢，我馬上衝進酒吧後門，拉上鐵門，阻止四人進入，也任由賈賀自生自滅。

鐵門拉至一道縫隙時，我乍見賈賀正向鐵門走來，我呆了不足一秒，還是馬上推開一線門隙，讓賈賀側著身子一閃而進。我立即上鎖，然後與賈賀跑出酒吧。

我倆不知跑了多久後，直至我發覺賈賀不見了，我才停下，回頭一看，賈賀正在後面不遠處，她慢慢由綠黑色的菸包抽出兩支菸，叼在口角，一同點起。

我也立即停下來了，知道自己在重重喘氣，氣管像給什麼堵住，是哮喘發作了。我連忙取出隨身攜帶的小支止哮噴霧器，深深吸入一口，稍稍舒緩了喉裡的不適，這才步向賈賀。

「妳沒有受傷吧？」

「我來問你。」賈賀眼神複雜，「——你說我有個姐姐？」

我一怔，噤聲，無法明白她的話。

「我是不是有個死去的姐姐？」

「妳不知道！」我駭笑。

「我連自己有個姐姐也不知道？」賈賀露出一副完全難以置信的表情。

我開始想到，賈氏夫婦是有心隱瞞著她的。

我也知道無法不說淸楚：

「她叫賈慧，她去世時，妳才如手抱嬰兒般大。」

賈賀板著的一張臉，忽然仰起頭笑了。

「全街人都知道，我卻足足被騙十五年？」

我嘗試猜測賈氏夫婦的心態，我說：

「妳父母當時傷痛欲絕，只想急於忘記，妳年紀太小，他們怎麼告訴妳？妳長大後，他們又何必舊事重提？」

「痞子，我警告你，你以什麼身分去說這些話？」賈賀伸手用兩管菸指著我，我又見兩點火光在我眼前晃動。

身分？我的心裡寧靜下來。我彷彿從未想過，我在這件事情上，我的身分是什麼？

「答不出來吧？」賈賀咄咄相逼，「答不出的話，你最好馬上消失。我和你離開，只想清楚知道我是否有一個姐姐，現在我知道自己受騙了，你也不必再多管閒事。」

賈賀說完，馬上轉身離開，我看著她背影，又看到她背包中毫不在意甚至刻意顯露出來的保險套，我爲她毫無保留的墮落而深深心痛。路邊有一輛貨車飛馳而過，汽車車前燈彷如聚光燈照向我。在我眼中，賈賀整個人變成了幻象。我見她長出了天使的翅膀，車輛一駛過，眼前所有光芒散開後，我只看到眼前已然是一個折翼天使。

那一番我曾經與賈慧說過的對白，似遠還近地在我心中響起來：

「薪火。」

「妳知道我的名字。」

「我早知道了。我也不叫神奇女俠，我叫賈慧。」

「那是我一生中聽過最好聽的名字。」

「你這一生中，聽過多少名字？」

「賈慧，妳要堅強一點。」

「我已經不想和死亡作對了。」

「妳還有更多事要經歷的。」

「薪火，你就代替我去完成它，好嗎？」

「我不想要這樣！」

「薪火，我沒有什麼給你，我只有送你這件小禮物。」

「我會好好保存。」

我伸手進外套的暗袋，取出一件小小的東西，握在拳頭內。

我對賈賀大叫：

「我是有身分的！」

賈賀停下了腳步。

我將手掌攤開，那是一塊小小的名牌，給小孩子懸掛在水壺邊的小名牌，讓小朋友寫上屬於自己的名字。那是對其他人來說，很小，很微不足道的東西。但是對我而言，它的意義太重大。我對賈賀說：

「我是與妳姐姐說最後一句話的人。」

賈賀全身微微一震，她向我走過來，在我面前停下。

「我姐姐送給你的？」賈賀注視著那個小名牌。

我點點頭。

賈賀想從我手上拿走小名牌，我連忙合上掌心。我實在害怕自己會連過去最後的回憶也失去。

「給我看看。」

我看著她，搖頭了。

「你不相信我？」

我咬咬牙，還是堅決搖頭。

「那是我姐姐的遺物。」賈賀看著我。

我聞言，心底裡最軟弱的地方流淚了，我緩緩將合上的手打開。

「小心！」我提醒她。

賈賀拋下了菸，想伸手提起，但她卻遲疑了半晌，才用另一隻沒有執菸的手，微微顫抖地接過了。她一直垂下眼，用纖幼的手指在小名牌上輕輕擦著，她摸到姓名欄上，喃喃說：

「那是我姐姐的名字。」

我告訴她：「賈慧也不喜歡自己名字。」

「是嗎!?」賈賀抬起頭，她雙眼充滿血紅的微絲，配襯著她頭上染成火紅色的頭髮。

「是的。」我感到心碎，「妳不喜歡自己名字，還可以改，賈慧呢，她不行了。」

「那個時候，我姐姐幾歲？」她沒有提及「死亡」兩字。

「她五歲，妳不足一歲。」我說：「妳也許不會知道，妳撫過我的臉。那時妳的拳頭，就如一枚雞蛋。」

賈賀說：「我竟不知道發生的一切。」

「也不必再提。」我說：「對妳的父母，對我，那是一場痛苦的經驗。」

「你是我姐姐的朋友？」

「不，我們已超越了朋友那個關係，我們是患難之交。」我說：「我和妳姐姐，和一個叫樂文的男孩，三人同在兒童病房裡認識。對我們來說，生和死，已經模糊不清了。那個時候，你會發覺一切都變得很重要，很値得珍惜。一句話，只一句話，無論誰跟誰說一句話，他們之間便變成不可分割了。我和賈慧、樂文之間說了很多很多的話，到了最後，三個人之中，只有我一個能僥倖生存，惟一一個能夠走出病房的，那種感受，妳明白嗎？我感到他們兩人也長大了，就在我身邊，所以——」我看著賈賀：「我幾次叫自己不要多管閒事，叫自己放棄，但耳邊總有賈慧的聲音響起來，希望我多管一次。就算是爲了她，因爲我倆已分割不開，她的意願已等同我的意願了。」

「他們眞的沒有給你一毛錢？」賈賀開始相信了。

「所有醫藥費皆由我自己支付。」我指指眼角剛結痂的傷口。

「對不起。」賈賀突然說。

「妳向我道歉？」我以爲自己聽錯了。

「是，我道歉。」賈賀說：「既然你不是爲他們工作，我也無須與你爲敵。」

她始終稱呼父母作「他們」。

「我該說多謝嗎？」

「你可以向我做我對你做過的所有事情。」

「不，我不打女人。」我苦笑。

「你傷勢無大礙吧？」賈賀溫和地看著我。

「沒有。」我受寵若驚，「初初很痛，現在已不痛了。」

「我可以要嗎？」賈賀看看掌心上的小名牌。

「對不起。」我看著小名牌，「它在我身邊十五年了。」

賈賀的神情有點失望，很不捨，多看了它一回，然後將它交到我手上。

我將小名牌放回外套的暗袋中。

「多講一些有關我姐姐的事情給我知道，好嗎？」

「在這兒說？」無人的大街中，冷風凜凜，我的身體愈站愈寒了。

「我帶你去我的出沒地點。」

「會不會見到藍雁和雪曼？」我有陰影。

「不會。」她說：「我們吵了一場，今晚暫時不見面。」我隱隱知道她獨醉的原因了。

「雪曼說妳們很團結。」我跟著她一邊走，一邊試探著說。

「我們爭吵的時候，就會徹底地憎恨對方，相好的時候，就不會有人有心病，那還不叫團結？」

我笑了。

我倆走進一間通宵營業的餐廳，她找了一個靠角落的卡座坐下，我們叫了兩杯飲料。

「我今晚會睡在這裡。」

「就在這裡？」

「夜夜可以有不同地方。」賈賀又習慣性地燃起兩口菸：「有時我和雪曼會去藍雁家裡睡，也可以在尖東海畔、機場，任何酒店大廳都可。」

「就是不回家？」

「難道你不覺得，不回家才能做自己？」

我無法不同意她的話，我點點頭。

「但是，不回家總會令人很疲倦吧？」

「如果一個家給你的感覺是一座監牢，你是否多累也不願回去？不斷想背向它而逃走？」

「是的。」我發覺自己竟然無法反駁她。

「所以，不要勸我回家了，我倆還可以做朋友。」

「朋友？」我一下子聽不明白。

「朋友，即係 Friend 的意思。」賈賀看著我，皺皺眉頭，「你跟我有代溝。」

「我想是。」我又苦笑了。

我和賈賀談了很多賈慧的事情，我將自己所知的一切告訴她，當中包含我和賈慧的每一句話，她去世前的病況。賈賀靜靜聽著，沒有問太多的問題，很沉默地聽完我的話。她紅著雙眼對我說：「我很疲倦，想睡了。」她將雙腳擺在位子上，將身子蜷縮在牆邊。

「睡吧。」

「你呢？」

我看看手錶。「我可以留下嗎？」地鐵尾班車早開駛了，我不想花費太多錢在長途計程車上。

「隨便。」

「謝謝。」

我也學著賈賀，將雙腳放上卡座，再望望她閉上了的雙眼，一臉的倦容，我知道她真的累透了，我也累透了。我倆因說起賈慧的事，各自承擔了一些悲傷，心裡都似被挖空了。

「朋友。」我叫她。

「嗯。」賈賀張開單眼應我。

「晚安。」我放心了，確定自己和她是「朋友」了，應該不會被她乘睡偷襲，我便平靜地閉上了雙眼。

我彷彿做了很多個噩夢。我夢見我那個經理和紀文攬在一起。又夢見我和義氣女同事正聯手對付 Street Fighter Zero 內的 Charlie 和 Rose，彷彿進行著男女混合摔角大賽。然後，我夢見我老媽和賈氏夫婦打麻將，還有一隻貓，牠看起來相當可愛。接著，我夢見《猛鬼街》裡的弗迪，正以他鷹爪似的利爪磨擦我的臉，我終於怒喝一聲，張開了雙眼。

我馬上見到賈賀的臉。她的手正貼在我臉，她手心很和暖。

「痛嗎？」她問我。

「妳已道過歉。」她那一記強勁耳光的位置。

「不知怎的，我內疚。」

「那時候，我們還不是朋友。」我苦笑，「算了吧。」

「我覺得你原來很善良。」

「所以我經常給人欺負。」

「我知道雪曼怎會喜歡你了。」

「因爲我容易欺負？」

「因爲你眞是好男人。」

「白髮魔女眞的喜歡了我？」義氣女同事的話竟應驗了。

「你喜歡雪曼嗎？」賈賀說：「我替你傳達一聲。」

「妳當作從未問過我這個問題好嗎？」我很難堪。

「好，大家收線。」賈賀站起來，伸一個懶腰，身材相當驕人。「我們走了！」

「去哪兒？」我看著表，時間是早上六時正。

「去淋個浴，然後上學。」

「淋浴？」我奇怪。

「我自有辦法。」賈賀微笑。

賈賀走到那次我跟踪她們走過的酒店商場，從儲物櫃中取回書包校服，將透明背包拋進櫃內，然後乘搭酒店電梯，直上四樓游泳池和按摩浴池的一層。

賈賀指指男更衣室那邊，「裡面有冷熱水蓮蓬設備、吹風機，連體重磅秤也有，你自便吧。」

「妳眞聰明。」

「市政局的室內運動場更衣室也差不多，只不過，這裡設備更好。」

「妳似乎眞的不需回家。」我感歎。

「你現在明白了吧？」

半小時後，賈賀從女更衣室走出來，她已經變成一個純樸的十五歲名校女生了，她身上還有相當清淡的消毒藥皂味道。

我看了她足足十秒鐘，「我還是喜歡妳黑髮。」

「那是我早上的樣子。」賈賀托托金絲眼鏡。

我無可奈何地笑了。

我送了她回校一程。

「你是不是快要上班了？」

「我被辭退了。」

「因爲我？」

我搖頭，不想太小器，「只是想轉換一下工作環境。」

「也好，多點時間陪陪你女朋友吧。」

「我們情變了。」

「又因爲我？」

我苦苦搖頭。「我只是想換一下愛情伴侶。」

賈賀不出聲了，她把頭轉向了窗外。

抵達她學校對面馬路，由她付車錢，我倆下了車。

賈賀挽起書包等車輛駛過，我對她說：「我想我今天會向妳母親交代一聲，我勸不了你回家了。」

賈賀點點頭。

我還是勸了她一次：「如果想回家——突然想回家，妳就回去一次吧！雖然我不知道你們之間發生了什麼問題，我也不打算知道，但妳不可能一輩子都不回去，是不是？」

賈賀依舊點點頭，垂著眼，不說話。

綠燈亮起了，行人開始過馬路。

「再見。」我將雙手插進褲袋中。

賈賀突然抬起眼，「我跟你回家吧。」她咬咬下唇。

「眞的？」我感到驚喜，半信半疑，「妳睡醒了吧？」

「我跟你回家！」賈賀堅定地看著我。

國家圖書館出版品預行編目資料

天若無情 / 梁望峰作. …初版. 台北市
大塊文化, 1997〔民97〕
面； 公分. (catch 08)

ISBN 957-8468-25-3

857.7 86009890

台北市羅斯福路六段142巷20弄2-3號

廣　告　回　信
台灣北區郵政管理局登記證
北台字第10227號

大塊文化出版股份有限公司　收

地址：______市／縣______鄉／鎮／市／區________路／街

______段____巷______弄______號______樓

姓名：

請沿虛線撕下後對折裝訂寄回，謝謝！

大塊 LOCUS 文化

編號：CA008　　書名：天若無情

大塊 LOCUS 文化

讀者回函卡

謝謝您購買這本書，爲了加強對您的服務，請您詳細填寫本卡各欄，寄回大塊出版(免附回郵) 即可不定期收到本公司最新的出版資訊，並享受我們提供的各種優待。

姓名：________________ **身分證字號**：__________

住址：____________________________

聯絡電話：(O)______________ (H)__________

出生日期：______年_____月_____日

學歷：1.□高中及高中以下 2.□專科與大學 3.□研究所以上

職業：1.□學生 2.□資訊業 3.□工 4.□商 5.□服務業
6.□軍警公教 7.□自由業及專業 8.□其他______

從何處得知本書：1.□逛書店 2.□報紙廣告 3.□雜誌廣告
4.□新聞報導5.□親友介紹 6.□公車廣告 7.□廣播節目
8.□書訊9.□廣告信函 10.□其他________

您購買過我們那些系列的書：
1.□Touch系列 2.□Mark系列 3.□Smile系列 4.□Catch系列

閱讀嗜好：
1.□財經 2.□企管 3.□心理 4.□勵志 5.□社會人文
6.□自然科學7.□傳記 8.□音樂藝術 9.□文學 10.□保健
11.□漫畫 12.□其他________

對我們的建議：________________________

____

____

LOCUS

LOCUS